Harry Kienzler

Ich liebe meine Angst

Prosa bei Lektora

Band 17

Harry Kienzler

Ich liebe meine Angst

Lektora

Lektora, Paderborn

Erste Auflage 2009

Alle Rechte vorbehalten
Copyright 2009 by

Lektora
Fürstenbergstraße 21 a
33102 Paderborn
Tel.: 05251 6886809
Fax: 05251 6886815

Druck: docupoint, Magdeburg
Coverdesign: Carina Hagel
Covereinrichtung: Carina Hagel
Umschlagfoto: Anna Pruski
Layout Inhalt: Imke Münnich

Printed in Germany

ISBN: 3-938470-38-0

für Anna

Mein Tag

Ich erzähle jetzt einfach mal, wie mein Tag beginnt:

Ich öffne blinzelnd die von den getrockneten Tränen der Nacht verklebten Lider und lasse das Licht ein weiteres Mal beginnen, mir langsam die dunkle wohlige Hoffnung meiner Träume aus den Augen zu brennen. Ich taste nach dem Wecker, der nicht provinziell nostalgische Glockenschläge von sich gibt, sondern das monotone, mutlose Piepsen, das die Eintönigkeit des anstehenden Tages mit nüchterner Präzision wiedergibt.

Jeder Wirbel meines Rückens knirscht schmerzend und ich wälze mich ächzend aus dem Bett, neben dem ich noch eine Weile auf dem kalten Boden liegen bleibe. Dann krabbele ich ganz langsam auf die Beine, damit ich keinen Kreislaufkollaps kriege.

Mein Blick fällt auf den Schreibtisch und auf einen tesafilmverstärkten Briefumschlagsselbstklebeverschlussfalz, auf dem der Name der einzigen Person steht, die mir noch Briefe schreibt: der Name meiner Mutter. Die Kopfschmerztablettenpappschachtelverpackung ist natürlich leer und so wird auch dies ein Tag voller Schmerzen werden.

Ich schaue hoffnungslos aus dem Fenster und sehe: das Wetter, diesen Bindfadenregen, der einen zu Hause einschließt wie ein Netz aus flüssigen Gitterstäben, diese grauen Wolkenhaufen vor grauen Wolken, vor grauen Wolken, vor grauen Wolken, die Gehirntumore des Himmelszelts, ich erahne den kalten Wind, der wie der Mundgeruch eines ungebetenen Kneipengesprächsaufdrückers, der einen besoffen volllabert, über meine Wangen streicht, diesen fahlen Rest von Sonnenlicht, der meine Welt ungefähr so gut beleuchtet wie die Funzel in der Todeszelle, zu der man am Abend vor der Hinrichtung sagt: „Hey, morgen zeig' ich dir mal wie ich ausseh', wenn man ein paar hundert Volt durch mich durchjagt, ich häng' dann bestimmt nicht so gelangweilt in der Ecke rum wie du!"

Ich stolpere ins Bad und merke, dass doch schon ein wenig Blut durch meine eingeschlafenen Beine fließt. Mechanisch stelle ich mich unter die Dusche und betrachte die weißen Kacheln, die auch die weißen Mattenwände einer Gummizelle sein könnten, während das heiße Wasser der Dusche über meine trockene Haut läuft, die heute wohl keine weitere angenehme Berührung mehr zu erwarten hat. Im Spiegel sehe ich das, was ich nie mehr sehen wollte, und das Rasieren macht es auch nicht viel besser, nur dass da jetzt keine Saufpickel mehr, sondern kleine rote Schnittwunden prangen, die mir vielleicht sogar etwas Jugendliches verleihen, weil ich ein bisschen so aussehe, als hätte ich mich zum ersten Mal rasiert.

Der Kaffee blubbert durch die schimmlige Kaffeemaschine, ich esse das immer gleiche Brot mit dem immer gleichen Belag in der immer gleichen Reihenfolge, in der Zeitung nichts Neues: Rechtschreibfehler und tote Menschen.

Der Käsepackungswiederverschließbarkeitsstreifen gemahnt daran, wie die Büchse der Pandora meines Lebens sein sollte, eben wiederverschließbar.

Und ich weiß schon jetzt, dass dieser Tag nur einen möglichen Ausgang hat: den Tod. Und das wird nicht mal ein schöner Tod sein, wahrscheinlich wird mich, wenn ich gerade mit einer Packung Schlaftabletten auf dem Heimweg bin, ein Wagen von der Müllabfuhr überfahren.

Aber das ist ja mein Text hier und in dem kann ich machen, was ich will, und deshalb fängt mein Tag so ganz bestimmt nicht an!

Mein Tag beginnt mit den heiligen Glockenschlägen meines Herzens, das mein frisches, regeneriertes Blut durch jede Muskelfaser pumpt, die meine Glieder dazu veranlassen, sich langsam zu räkeln und die Dunkelheit der diffusen Träume abzuschütteln. Meine Haut saugt das Sonnenlicht des kommenden Tages wie Orchideennektar mit jeder einzelnen Pore auf und jedes Härchen reckt sich zitternd auf, um neue Berührungen zu erhaschen. Meine Decke, deren Stoff sich anfühlt, als wäre er von den fettesten Seidenraupen abgesondert worden in Erwartung, der erste Schmetterling zu werden, der als schönster seiner Art im Museum of Modern Art ausgestellt wird, gleitet streichelnd über meine Haut, wenn ich mich langsam und kraftvoll erhebe, die Füße mit der Grazilität einer Primaballerina aus dem Bett schwinge und mit einem federnden Sprung auf meine erwartungsvoll scharrenden Beine komme. Freudig umschließt meine Hand den Fenstergriff, um das Fenster über dem Schreibtisch zu öffnen und die Welt willkommen zu heißen. Ich singe einen kleinen Kanon zusammen mit dem vor Gesellichkeit hüpfenden Vogel, der bis jetzt Handytöne imitierend vor meinem Fenster saß, die Bäume, die meine Straße säumen, headbangen im Takt zu unserem Morgenlied und alle Leute, die im Auto vorbeifahren, winken mir zu.

Ich betrete den Tempel meines Badezimmers, das so sauber ist, dass die blinkenden Kacheln nicht Kälte, sondern das warme Licht der tausendfach gespiegelten Sonne ausstrahlen. Während warmes Wasser mich noch entspannter macht, als ich eh schon bin, singe ich ohne Pause zehn Opernarien in meine Brause und ich freue mich darüber, dass es so falsch klingt. Ich trockne mich nicht ab, ich trockne von selber. Ich kämme meine Haare nie, weil sie immer richtig fallen. Ich sehe in den Spiegel und bin glucklich. Ich könnte mich jetzt eincremen mit den tausend verschieden Beauty-Produkten, die liebevoll arrangiert in meinem Spiegelschrank stehen, aber ich habe es nicht nötig.

Ich trinke Kaffee aus Bohnen, die jede einzeln von südamerikanischen, singenden Schönheiten, mit einem Kuss bedacht nun voller Inbrunst ihr einzigartiges Aroma in den kochenden Sud ergießen.

Und die Milch ist von glücklichen Kühen.

Und die Eier sind von glücklichen Hühnern.
Und die Marmelade ist aus glücklichen Erdbeeren gemacht.
Und das Wasser, das ich trinke, ist so sauber und rein, dass man gar nicht sieht, dass welches im Glas ist.
Ich schicke mich an, meine Wohnung zu verlassen, und stelle mir vor, wie dieser Tag wohl werden wird:
Dieser Tag wird kein Tag wie jeder andere, denn das ist keiner meiner Tage, dieser Tag müsste eigentlich ein Jahr sein, um alle positiven Erlebnisse, die mir heute bevorstehen, zu fassen, dieser Tag müsste eigentlich eine Sekunde sein, um nur einer seiner eigenen Sekunden gerecht werden zu können, dieser Tag wird besser sein als die schönste Nacht des Lebens der meisten anderen Menschen.

Biomüll

Ich sitze in meinem Zimmer. Mein Leben ist so ereignislos wie immer. Es ist schon ein Ereignis für mich, wenn ich für zehn Sekunden die Luft anhalte. Ich wünsche mir mehr Ereignisse. Es soll endlich mal was Aufregendes in meinem Leben passieren. Im Laufe des Tages werde ich das noch bitter bereuen.

Ich gehe in die Küche. Der Duft unseres Biomülls steigt mir in die Nase. Unser Biomüll ist ein Naturwunder. Unglaublich, wie man so viel Müll in so eine kleine Tonne bekommt. Jede unvorsichtige Berührung könnte dazu führen, dass der kleine Eimer explodiert und das ganze Stadtviertel mit einer Schicht braunen, ekligen, klebrigen, stinkenden, schimmelnden, toxischen ... Bähs bedeckt. Niemand hat Lust, dieses Biotop nach unten zu tragen und zu entleeren. Immer hofft man, dass man nicht derjenige ist, der genau das letzte Bisschen hineinwirft, das ihn vollmacht, so dass man ihn runterbringen muss, und wenn es doch passiert, beschließt man, dass er doch nicht voll ist, und drückt den ganzen Müll noch etwas tiefer in die Tonne, um oben ein bisschen Platz zu schaffen. Das ist natürlich nicht so intelligent, weil man so sämtliche Säfte aus den verschiedenen angeschimmelten Teilen darin herauspresst und so eine Brühe produziert, die am Boden der Tonne munter vor sich hin gären kann, aber Intelligenz trägt den Müll auch nicht von alleine runter.

Mein Mitbewohner kommt in die Küche. Er wirft etwas in den Biomüll bzw. er legt es auf den Haufen, der schon den Deckel hebt. „Den sollte man wohl mal runterbringen.", murmele ich. „Ja, gute Idee, mach das.", murmelt er. „Ach so, ich dachte, du wolltest gerade ...", murmele ich. „Nein, nein, mach ruhig." „Nee, ist schon o. k. Du hast ja auch als Letzter was reingeworfen." „Was soll denn das heißen?" „Na ja, du hast ja jetzt als Letzter was reingeworfen, dann kannst du ja auch ...", stottere ich. Mit meinem Mitbewohner geht eine seltsame Veränderung vor sich. „Ich kann das nicht runterbringen!", ächzt er. Er sabbert ein bisschen. „Warum denn nicht?", frage ich. „Ich bin nicht der, für den du mich hältst!", tönt die schicksalhafte Antwort. „Ja, ja, schon klar, Hahn, du bist ein Alien und wirst sterben, wenn du den Biomüll berührst, schon klar, Hahn." „Nein", grunzt mein Mitbewohner und seine Augen färben sich langsam rot: „Ich bin im Auftrag des Teufels unterwegs! Ich soll deine Seele zu ihm holen, von Biomüll war nicht die Rede!" Inzwischen sind ihm Reißzähne gewachsen und ein schwarzes Fell beginnt, sich auf seinen Armen auszubreiten. Geistesgegenwärtig stoße ich ihn aus der Küche in den Flur und versperre die Tür mit einem Stuhl, bevor die Verwandlung ganz abgeschlossen ist.

Schon beginnt er, mit dem Kopf gegen die Tür zu rennen. Jeder seiner Stöße bringt mich der Hölle etwas näher. Ich muss ihn irgendwie überwältigen. Nur wie? Mein Blick fällt auf den Biomüll. Meine innere Stimme, die sonst nur Sätze wie: „Du bist eben nicht der Typ, der mit irgendwem reden sollte." oder „Du musst jetzt ganz viel Schokolade essen" zustande bringt, raunt auf einmal: „Du hast magische Kräfte! Benutze Sie!" Ich lege meine Hand auf den Deckel des Biomülleimers und spreche die Formel: „Erwache!" Kurz darauf hebt sich der Deckel und ein kleines, grünes Schleimmonster schaut orientierungslos in die Küche: „Wer bist du?", fragt es unsicher, während seine Teebeutelaugen hilflos mit den Pappschildchen in die Gegend blinzeln. „Ich bin dein Vater!", antworte ich. „Ich habe dich erschaffen, um den Werwolf im Flur zu töten. Töte ihn!" „Ja Meister!", flötet das Wesen, reißt die

Tür auf und zerfetzt meinen Mitbewohner. Ein letztes Fellbüschel im Maul kommt es zurück, während mir noch die Todesschreie meines Mitbewohners im Ohr klingen. „Du kannst gehen", seufze ich. „Du bist frei." Das Wesen bleibt stehen und knurrt: „Nein! Ich werde nicht gehen! Ich will das, was mir zusteht!" „Was?" „Ich will ein Kind von dir!" Und mit diesen Worten stürzt es sich auf mich, um sich mit mir zu vereinigen, und dann passiert das, was immer passiert, wenn ich Sex habe: Ich wache auf.

Mein Mitbewohner liegt mir gegenüber auf dem Küchenboden. Der Biomüll ist weg. Unser dritter Mitbewohner kommt mit der leeren Biomülltonne in der Hand zur Tür herein. „Mensch! Wie oft hab ich euch schon gesagt, ihr sollt den früher runterbringen. Von dem Gestank kriegt man ja Halluzinationen und jetzt hört auf, euch tot zu stellen, ich hab ihn ja runtergebracht."

Benommen wanke ich in mein Zimmer zurück. Ich will gar nicht wissen, was für Visionen mein Mitbewohner hatte. Nach dem Erwachen flüsterte er nur: „Nein! Ich will nichts mehr davon essen!" Ich gehe in mein Zimmer zurück und freue mich auf einen absolut ereignislosen Tag.

Der Lügner

Basisdemokratie. Basisdemokratie war wichtig. Basisdemokratie bedeutete, derjenige, der am längsten bei seiner Meinung blieb, hatte Recht. So lief das also in einem alternativen Wohnprojekt. Seine Mitbewohner saßen in der Küche und rauchten zwei Tüten simultan, während Peter die letzten Tage Revue passieren ließ. Die nervtötende Wohnungssuche hatte ein Ende und Peter war froh, nun hier im alternativen Wohnprojekt Goethestraße eine Bleibe gefunden zu haben, in der es sich einigermaßen aushalten ließ.

Er musste einfach weg aus dem Mief Balingens und so war er in die Massenmetropole am Neckar gezogen: nach Tübingen.

Peter kam aus einem schwäbischen Elternhaus. Dort redete man wenig, war meist schlecht gelaunt und arbeitete viel. Hier redete man über jede Kleinigkeit stundenlang, war meist gut gelaunt und arbeitete gar nicht.

Es war eine harmonische Umgebung, die auch einen unbedarften Neuankömmling wie Peter freundlich in sich aufnahm. Peter hätte entspannt und zufrieden sein können, wäre da nicht sein Beruf gewesen: Peter war Polizist.

Zum Glück arbeitete er in Reutlingen. So zweifelte niemand daran, dass er in einem Callcenter arbeitete und mal schauen wollte, was das Schicksal ihm so brächte. Diese vagen Angaben erschienen im Nachhinein ganz nützlich, da viele hier nicht wirklich angeben konnten, was sie den Tag über so machten. Hauptsache, niemand erfuhr von seiner wahren Tätigkeit. Vor allem Georg nicht.

Georg war meist der Wortführer der Diskussionen in der WG. Er öffnete Peter die Augen in Bezug auf die große Weltpolitik und ihre Verschwörungen und er sagte ihm, was für ihn das Schlimmste war: „Bullenschweine, echt! Ich bin ja tolerant, aber die hasse ich. Mir wird schon schlecht, wenn sie nur in meine Nähe kommen. Ich rieche die förmlich! Wie krank kann man denn sein, so einen Beruf zu ergreifen. Das sind sicher alles so Opportunisten und Schleimscheißer, die einem immer erzählen, was man von ihnen hören will!" „Genau!", bekräftigte Peter und spürte einen Stich im Herzen.

Peter hatte es geschafft. Alle mochten ihn in der WG und keiner fragte mehr nach seinem Beruf. Alles war perfekt. Wäre da nur nicht Tina gewesen. Tina, diese rastagelockte, barsche Schönheit. Er hatte sich mal mit ihr unterhalten. „Hey, wie geht's denn so?" „Verpiss dich! Du bist doch nur noch so ein Langweiler!" Sie war einfach großartig. Peter ignorierte sie, so gut es ging, und das ließ ihr Misstrauen ihm gegenüber schwinden. Eines Tages sagte sie im Vorbeigehen nach dem Hausplenum zu ihm: „Weißt du was? Wir trinken jetzt mal ein Bier zusammen! Mittwoch um elf in der Hausbar, Langweiler!" Das Leben hätte nicht besser sein können.

Tags darauf betrat Peter das Büro seines Vorgesetzten, der ihn anstrahlte: „Ich bin sehr zufrieden mit Ihnen. Wissen Sie was? Zur Belohnung dürfen Sie mal in Tübingen Streife fahren und den Chaoten das Leben schwer machen!"

So kam es, dass Peter panisch mit seinem Kollegen Klaus durch Tübingens Straßen fuhr, besessen von der Angst entdeckt zu werden und alles, was er gerade erst gewonnen hatte, wieder zu verlieren.

„Na, aufgeregt?", fragte Klaus, der Peters gehetzten Blick bemerkte. „Nein! Nein!", blaffte Peter. Klaus stoppte den Wagen und sagte: „Also jetzt hör mir mal zu, junger Mann. Entspann dich mal. Bist wohl verliebt, hä?" Peter wurde rot. „Mensch, mach dir keine Sorgen. Entspann dich! Du bist doch Polizist!

Männer in Uniform, da stehen die Mädels doch drauf! Vielleicht treffen wir sie ja zufällig, das wäre doch lustig, oder?" „Ja, haha.", stammelte Peter. Und fast hätten sie Tina und Georg überfahren.

Der Wagen kam gerade noch quietschend zum Stehen. Klaus sprang aus dem Wagen und packte sich die beiden: „Ja, was ist denn hier los?" „Sie hätten uns fast überfahren!", schnauzte Georg und da das der Wahrheit entsprach, blieb Klaus nichts anderes übrig als zu fragen: „Jetzt schauen Sie mich mal genau an! Haben Sie Drogen genommen? Kollege? Helfen Sie mir mal beim Durchsuchen!"

Peter tat das Unvermeidliche, stieg aus dem Wagen und taumelte seinen entsetzten Mitbewohnern entgegen.

„Ich will mich nicht von einem Mann durchsuchen lassen!", sagte Tina und Peter war ihr dankbar dafür. Klaus hatte sich schon Georg vorgenommen und hielt triumphierend ein Tütchen grünen Inhalts in die Höhe: „Ja, was haben wir denn da? Ich würde sagen, Sie beide begleiten uns jetzt mal!"

Wie in Trance führte Peter Tina zum Wagen und setzte sie auf die Rückbank. Das Auto fuhr los und Peter sah sein neues Leben in Rauch aufgehen. Von der Rückbank schlug ihm nur schweigende, kalte Verachtung entgegen. Nach Hause konnte er jetzt nicht mehr, aber er hatte die beiden und vor allem Tina zu gerne, um jetzt einfach so aufzugeben.

„Klaus, halt den Wagen an!" „Was?" „Klaus, das hier sind meine Mitbewohner. Ich werde meine Zuständigkeiten überschreiten und sie laufen lassen." „Warum sollte ich jetzt anhalten?" „Weil ich eine Waffe an deinen Kopf halte!", stieß Peter hervor und es war wohl nur Klaus entspannter Art zu verdanken, dass er so gelassen darauf reagierte und Peters Anweisungen Folge leistete.

„Und ihr zwei wisst jetzt Bescheid: Ja, ich bin ein Bulle! Tut mir leid." Peters Freunde schwiegen immer noch wie versteinert. Sie stiegen aus. Tina funkelte Peter an und sagte endlich: „Und jetzt? Du Oberschlaumeier?" „Geht einfach ... Ich hol meine Sachen morgen." „Und was ist mit dem da?" Georg zeigte auf Klaus. „Der kann uns doch gleich wieder cashen!" Das stimmte. Peter hatte alles nur noch schlimmer gemacht.

Hilfe kam von unerwarteter Seite: „Ähem!", murmelte Klaus. „Ich wäre unter Umständen bereit, den ganzen Vorfall zu vergessen." „Ja, und was wäre das?", blaffte Georg. „Nun, ich würde mich in Naturalien bestechen lassen." Die drei anderen schauten Klaus ungläubig an. „Ja, was glaubt ihr denn, warum ich immer so entspannt bin? Denkt ihr, ich hab kein Leben außer dem hier? Also, ich komme ab und zu zum Graskaufen bei euch vorbei und wir vergessen das alles!" So verblieb man.

Peter kehrte zurück in seine WG. Er wollte nur noch weg. Georg erwartete ihn schon. Er wusste, was jetzt kommen würde. Im besten Fall nur Vorwürfe. Vielleicht musste er seine Sachen auch gar nicht mehr abholen, weil man sie verbrannt hatte.

Georg kam auf ihn zu und fiel ihm um den Hals. „Mensch, unser kleines Bullenschwein!" Peter war völlig verdattert. Das war noch schlimmer als Prügel. „Jetzt guck nicht so! Du hast uns geholfen, Mann! Du bist jetzt unser V-Mann auf der anderen Seite! Das ist Gold wert!" Tina tauchte hinter ihm auf: „Bist also gar nicht so ein Langweiler, hä?" Sie küsste ihn. Peter war überwältigt. Jetzt würde eine neue Zeit in seinem Leben anbrechen. Eine schöne Zeit und eine Zeit voller neuer Komplikationen.

Ordnung und Chaos

In einer stillstehenden Waschmaschine saß eine traurige Schildkröte, die eine Mütze aus einer gefalteten Zeitung auf dem Kopf trug. Lisa starrte auf die Leinwand. Was dort zu sehen war, fand sie zwar selbst nicht schlecht, aber ihrem Prof hatte es leider gar nicht gefallen. Sie hatte den Vortrag ihres Profs noch in den Ohren: „Wissen Sie, Frau Hamprecht, Sie können ja malen, das weiß ich schon, sonst wären Sie ja nicht hier, aber das, das hat zu wenig Leben, sicher alles ist klar und deutlich, aber, verzeihen Sie mir, es ist zu simpel! Nur wer ein Chaos in sich trägt, kann einen Stern gebären oder so, sagt Nietzsche, aber das wissen Sie ja sicher, wenn ich Sie da nicht völlig falsch einschätze, ähem ..."

Lisa wusste nicht, was sie tun sollte, und das war äußerst ungewohnt. Sie wusste immer, was zu tun war.

Der Prof war ein Arsch, aber er hatte Recht. Es fehlte etwas.

Lisa schüttelte den Kopf und machte sich einen Kaffee, dann verließ sie das Haus, um ihre Wäsche in den Waschsalon zu bringen, so wie jeden Donnerstag.

Uli schloss die Haustür hinter sich zwei Mal, da er sich beim ersten Mal nicht sicher war, ob sie auch wirklich ins Schloss gefallen war, aber das war eigentlich nebensächlich, Hauptsache, er entkam diesem Haus, vielmehr seiner Wohnung in dem Haus, also dem Badezimmer in der Wohnung, denn dort wollte er nicht sein, dort wartete der Schrecken. In der Wohnung zu sein hätte bedeutet, weiter dem Schrecken ausgesetzt zu sein, weiter bang vor dem Telefon zu sitzen mit dem Wissen, dass er den Vermieter anrufen musste wegen dieser Sache, den Vermieter, der doch unter keinen Umständen von solchen Nichtswürdigkeiten behelligt werden und nie etwas bezahlen wollte. Diese Sache hatte er zu verdrängen gewusst mit einem mal wieder notwendigen Besuch im Waschsalon, auch wenn er nicht wusste, ob er wirklich waschen musste oder dies nur eine Ausflucht war, aber die Tüte voll Wäsche war schwer genug, den Gang zu rechtfertigen, und Rechtfertigung war nötig, wollte man in einer solchen Situation das Haus verlassen. Er hatte das Haus verlassen und konnte sich in Richtung des Waschsalons bewegen. Es stellte sich nur die Frage, ob er das zu Fuß bewerkstelligen konnte oder lieber den Bus nahm, obwohl es lächerlich war, jetzt den Bus zu nehmen, dessen Abfahrtszeit er gar nicht kannte, und so ging er zu Fuß, nicht ohne nach dem Bus Ausschau zu halten, um ihn vielleicht doch noch spontan zu besteigen.

Lisa betrat den Waschsalon, schmiss ihre Wäsche in eine der Maschinen, brachte sie zum Laufen und setzte sich mit einer Illustrierten auf einen Stuhl.

Uli stand im Waschsalon, endlich, nach fünf Minuten, die er damit verbracht hatte, sich wieder vom Türgriff zu befreien, an dem er beim Eintreten mit seiner Jacke hängengeblieben war.

Auf jeden Fall war er nun dort und konnte seine Wäsche waschen, zumindest theoretisch, wenn wenigstens eine Maschine lief. Er hatte nicht das Problem, nicht zu wissen, wie alles funktionierte, er war ja schon mal da gewesen, aber man konnte eben nie wissen, ob jetzt nicht alles anders war. Er erinnerte sich, dass eine der Maschinen nicht ganz zuverlässig lief und sich gerne mal den ein oder anderen Temperatursprung erlaubte, und so stand er grübelnd vor den Maschinen, bis ihn eine Frau seines Alters ansprach, was ihn noch mehr aus seiner nicht vorhandenen Fassung brachte: „Alles klar? Was stehst 'n da so rum?" „Ach, die Maschinen, weißt du, ich überlege nur, welche noch mal ..." „Nimm die 5!", tönte es ihm entgegen und zögernd folgte Uli der Anweisung und war selbst von dieser schnellen Reaktion seinerseits so überrascht, dass er für zwei Minuten vergaß, die Maschine anzumachen, bis man ihn auch darauf hinwies, was ihn nervte, auch wenn es ihn weiterbrachte. Diese adretten Menschen, die immer nur geradeaus gingen und niemals innehielten, um über etwas nachzudenken, wegen solcher Menschen wurden Kriege geführt.

Lisa schaute wieder in ihre Zeitschrift. Sie bemerkte, dass ihr zerstreuter Altersgenosse es geschafft hatte, sich auf einen Stuhl zu setzen, auch wenn er nun dauernd mit den Füßen auf dem Boden trippelte, bis er bemerkte, dass sie ihn ansah, und mit dem Anflug eines Lächelns für einen kurzen Moment einen Schauer über Lisas Rücken jagte. „So ein schusseliger Typ. Solche Idioten halten doch überall den Betrieb auf. Wenn ich dem nicht geholfen hätte, würde er jetzt noch dastehen. Na ja, was soll's, ich werde so schnell sicher nichts mehr mit dem Spinner zu tun haben."

Zwei Waschmaschinen stoppten gleichzeitig im Waschsalon Gabi am Nachmittag des 15. März 2008 und so standen Lisa und Uli schließlich ihre Wäsche aus der Trommel wühlend nebeneinander.

Lisa nahm ihre Wäsche aus der Maschine. Uli nicht. Es machte keinen Sinn mehr, seine Wäsche mitzunehmen, außer er hätte es spontan geschafft zu schrumpfen. Ulis Wäsche war komplett eingelaufen. Es war die falsche Maschine gewesen.

Lisa war untröstlich: „Ach, schau mal deine Wäsche, das ist ja jetzt ..." „Ach", meinte Uli routiniert, „das macht nichts, so was passiert mir öfters." „Ja", stotterte Lisa „aber das ist ja jetzt meine Schuld, ich meine, nicht dass die Wäsche eingelaufen ist, aber ich hab dir gesagt, du sollst die Maschine nehmen und ..." „Ach nö, mach dir keinen Kopf, passt schon." „Nein komm, ich muss dich wenigstens auf einen Kaffee einladen, das ist ja das Geringste, ach, das ist mir ja echt peinlich ..." „Okay", meinte Uli.

Sie gingen in ein Café auf der anderen Straßenseite. Lisa entschuldigte sich immer noch und wäre fast von einem wild hupenden Gemüselaster überfahren worden, wenn Uli sie nicht mit einem entschlossenen Handgriff zurückgehalten hätte. Schließlich saßen sie sich an einem Tisch gegenüber und Lisa wurde des Stammelns nicht müde, bis Uli sagte: „Hey, du musst dich nicht die ganze Zeit bei mir entschuldigen. Was machst du eigentlich so?" „Na ja, ich studiere Kunst, wobei studieren ja eigentlich nicht das richtige Wort ist, ich meine, ich mache Kunst, also ich male, also ... und was machst du?" Kunst, na klar. Konnte sich wohl nicht um besonders komplexe Kunst handeln, das höchste der Gefühle war wahrscheinlich, wenn sie nicht einfach ein Bild von sich malte, sondern ein Tier symbolisch für sich stehen ließ, eine Schildkröte oder so, dachte Uli und antwortete: „Ich studiere Physik." „Ja, einfach so Physik, also wie ..." „Ja, einfach so Physik." Klar, Physik, was auch sonst, ein Wunder, dass der Junge noch lebte, dachte Lisa und fragte weiter: „Ja, und was macht man da so?" „Physik", sagte Uli trocken, aber dann eroberte ein schelmisches Grinsen sein Gesicht und er meinte „'Tschuldige, ich häng' den ganzen Tag nur am Institut rum, da wird man manchmal etwas wortkarg." „Das hab ich gemerkt.", meinte Lisa und blinzelte keck zu Uli hinüber. „Ja, aber ich bin nicht immer so, ich kann auch normal reden, also ..." „Das hab ich gemerkt", bekräftigte Lisa. So ging es noch ein bisschen hin und her. Lisa erzählte von ihrer bald bevorstehenden Vernissage und dann verließen die beiden das Café und traten ihren jeweiligen einsamen Heimweg an.

Lisa begann, nachdem sie in ihre Wohnung gestürmt war und ein paar Flüche über Physikerwichser abgelassen hatte, sogleich derart heftig ihr Bild zu bearbeiten, dass sogar dem sonst so eloquenten Prof am nächsten Tag nur ein kurzes, aber beeindrucktes: „Holla!", entschlüpfen sollte.

Nun sah man darauf nach wie vor die Waschmaschine, vor der allerdings eine kleine Schar von Schildkröten stand, die gerade feixend dabei war, den letzten Teil einer Sprengladung an dem eckigen Gerät anzubringen.

Uli betrat seine Wohnung völlig entnervt von der Künstlertante, die ihn jetzt noch mehr nervte, da sie nicht mehr vor ihm war, weil er ihr Bild nicht aus dem Kopf bekam, und ging voller Wut direkt zum Telefon: „Ja, guten Tag Herr Müller, ich muss Ihnen leider mitteilen, dass das Waschbecken tropft, Sie sollten da mal jemand vorbeischicken, bevor wir hier noch einen Wasserschaden bekommen ... Alles klar ... Danke Ihnen ... Auf Wiederhören."

Uli legte auf. Dem hatte er es aber gegeben.

Dann dachte er ein bisschen nach und beschloss, zum ersten Mal in seinem Leben eine Vernissage zu besuchen.

Blick durch eine Bar

War mal wieder in 'ner Bar,
war ja klar, in der Bar,
in der ich Jahr um Jahr
Star der Stammgäste war.
Und hier ließ ich live,
bis der Nacken mir steif,
als die Zeit wieder reif war
und die Luft schon fast greifbar,
meinen Blick in schicken Schleifen
über die Gesichter schweifen:
Ein Call-Center-Knecht,
der immer stottert,
wenn ihm schlecht
vor Aufregung ist,
ruft:
An wen erinnerst
du mich auch,
haucht
eine Supermarktkassiererin,
die eigentlich Schauspielerin werden wollte
und jetzt davon träumt, mal ein eigenes Solarium betreiben zu können, um die Sonne ins Leben der Menschen zu bringen
und wirft ihr Haar
über

die Schulter
eines von seinen kommunistischen Eltern ver-
stoßenen, flennenden BWL-Studenten
zuckt
auf die Frage nach dem Sinn und so
antwortet
ein wortkarger Philosophiestudent
mit einem Glas voll Wodka
in der Hand
eines Metal-Fans, dessen schwarze Jeans ans
schwarze Elend dieser Welt gemahnt,
liegt
eine andere,
bessere,
die so zu dir hält,
findest du nicht,
unterbricht
ein Kumpel
den anderen
wird der Gangster-Rapper Klaus,
der noch zu Haus lebt
und jetzt gleich zum ersten Mal in seinem Leben
so was wie ein richtiges Verbrechen begehen
wird,
nicht sagen,
dass er gerade einen Hunderter
gefunden hat

auf dem Boden
der Tatsachen angekommen
versäuft
ein enttäuschter Kleinunternehmer, der doch nur ein paar netten Mädels aus der kaukasischen Steppe ein neues Leben ermöglichen wollte,
sein letztes Hemd
sah auch schon so verklemmt aus,
flüstert die eine Freundin der anderen ins Ohr
und beide betrachten den herüberwinkenden Freund, der einen mit einem Blick, der sagt:
Vergiss es Junge, dieses Hemd war die letzte Facette einer Argumentationskette, die schlüssig dazu führen wird, dass sie nicht einmal mehr mit dir Schluss macht, sondern sich einfach nicht mehr meldet, bis auch du einsiehst, dass es vorbei ist, und das wird lange dauern, weil du nicht der Hellste bist, aber das soll es auch sein, denn wer solche Hemden trägt und seine Freundin schlägt, der hat es nicht anders verdient
der echt mehr als ich?
fragt ein Möbelpacker den anderen
nach dem Gehalt des blöden Mackers,
der in ihrer Spedition die Büros putzt
und sein Kollege stutzt,
egal, lass uns gehen, es ist schon

halb
zwei
halbstarke Basecap-Brüder,
Zivis im wahren Leben,
die mehr Leichen gesehen haben als mancher
Soldat, weil sie Rettungssanitäter sind,
ziehen ihre Hosen hoch
und fassen sich
in den
Schritt
halten ist schwierig
bei der neuen Technologie heutzutage,
lallt ein Informatiker,
der in zwei Jahren das Portal für Misanthropen
einrichten wird, in dem man nicht Freunde,
sondern Feinde sammeln kann,
und linst willenlos durch
die Brille
des Klos
ist schon wieder hochgeklappt,
motzt ein beflissener
WG-Bewohner,
der es verlernt hat,
im Stehen zu pissen
muss das Größte sein,
meint eine aus Trotz auf Supernanny gemotzte
Pädagogik-Studentin
auf die Frage,

was ihr am Mannsein
gefallen könnte
der mir schon,
wenn er ein anderes Gesicht hätte,
sagt eine adrette, manchmal sich selbst verletzende Krankenschwester
zu ihren Freundinnen,
die sie mit dem Philosophen
zusammenbringen wollen,
der
ein Gesicht wie drei Tage Regenwetter
macht
der wieder,
denkt Paula, eine
begeisterte Studententheaterschauspielerin
über ihren Freund Tobi,
der
sie in seinem ruppigen Ton fragt:
Was guckst 'n so?
fragt Tina Lisa
und Lisa spuckt:
Ja, weißt du, Peter!
Peter wieder und gestern ging's wieder los:
Da hat er gesagt, was er immer sagt,
und dann hab ich ihm gesagt,
dass ich ihm doch schon mal gesagt habe,
dass er mir gesagt hat,
was mir nicht behagt hat,

und dann hab ich ihm noch gesagt,
als ich ihm das alles gesagt habe,
dann hab ich ihm gesagt:
Peter, ich sag dir jetzt mal eines:
Du Arsch!
Geiles Stück,
lass uns zu mir gehen,
flüstert's von der Tür.
Ich kam wieder zu mir,
schaute in mein leeres Glas
und dachte nur ein schweres: Was?
War 'n das für 'n Trip, mein Alter,
das muss das Glas mit Schädelspalter
hier vor mir gewesen sein,
die Cocktails hier hauen echt rein,
die volle Dichtung, will ich meinen,
ach komm, ich nehm noch mal so einen.

Zwei Abende – drei Welten

Die letzten Sonnenstrahlen hatten gerade aufgehört, die blau-golden ornamentierte Tapete seiner Ein-Zimmer-Wohnung zu streicheln, als David, ein gastronomischer Gelegenheitsarbeiter, der nur zum Schein das ein oder andere Mal studiert hatte, sich in legere Schale warf, die die Namen von 20 italienischen Modemachern vereinte, die so exklusiv waren, dass man sie erst in 20 Jahren flüsternd als Geheimtipp auf den großen Modenschauen handeln würde, um sich der wichtigsten Zeit seines Tages zu widmen, der Nacht. Sein Haar ein letztes Mal vor dem Spiegel in die richtige Form zupfend, tänzelte er hinaus, um seine übliche Wanderung über die inoffiziellen Bühnen der Clubs und Bars zu beginnen und nicht vor Morgengrauen zurückzukehren. Kurz darauf kehrte er hastigen Schrittes in seine Wohnung zurück, um sich noch einmal umzuziehen, da ihn Zweifel bedrängten ob der gewagten Kombination, in der er sich dem besseren Teil der Welt hatte verkaufen wollen. So griff er denn zu bewährten Mitteln, um sich noch mal ganz auf die Schnelle umzustylen, und schon drei Stunden später war er unwiderruflich auf dem Weg in Richtung des wahren wummernden Lebens.

Zur gleichen Zeit saß Horst an seinem Küchentisch. Er las Martin Heideggers „Sein und Zeit". Er hörte auf damit. Es war Zeit zu gehen. Er seufzte. Er schnappte sich seine schwarze Lederjacke und zog sie an. Passte wie immer gut zu seinem schwarzen Rollkragenpulli. Er tastete nach der schwarzen Tür, die in der schwarz gestrichenen Wand nicht immer leicht zu finden war, und ging ins Freie. Toter Asphalt. Das ewige Dahinsterben der Ballungszentren. Guter Titel für seinen Roman. Wenn auch zu sehr auf die letzten drei Kapitel bezogen. „Ohne Titel" als Titel gefiel ihm auch. Vor allem wegen des ersten Kapitels. Wenn er erst mal einen Titel hatte, konnte er dann auch mit dem Schreiben anfangen.

David schwebte auf den Flügeln seiner modischen Rockschöße der plappernden Gruppe entgegen, mit der er öfters zusammenzusein pflegte. Davids Freunde, deren Freundschaft sich auch im richtigen Leben ähnlich intensiv wie auf ihren MySpace-Seiten gestaltete, saugten ihr Ambrosia in Form von Kaffeekreationen auf, von denen jede einzelne mehr Namen trug als ihre zukünftigen Kinder, die sie der lästigen Umstände wegen wahrscheinlich niemals haben oder zumindest verleugnen würden, und machten sich Komplimente, die nur mühsam den Neid und das gegenseitige Abschätzen überdeckten, und übten sich im Austausch konversationeller Floskeln, die das bloße Vorhandensein ihrer schönen Gestalten plätschernd untermalten. Der Plan des Abends wurde entworfen und las sich wie eine Menüfolge der exquisiten Unterhaltung, beginnend mit einem kurzen Aufenthalt in einer Cocktailbar, die man nur betreten würde, um sich kopfschüttelnd über die völlig geschmacklose Einrichtung auszulassen, mit der man selbst doch schon vor drei Jahren nur zum Spaß das heimatliche Klo geschmückt hatte, gefolgt von einem kurzen Imbiss in einer Sushi-Bar, deren besondere Attraktion fünf sumoringende Türsteher waren, was nur noch übertroffen werden würde von einem anschließenden spontanen Einfall des noch zu krönenden Königs des Abends.

Kurze Zeit später stampfte Horst durch die quietschende Tür des „Schlund". Er setzte sich an den Tisch. Er wartete auf die anderen, die immer kamen. Er starrte. Er dachte nach. Er wurde wütend. Wütend, weil die anderen nicht kamen. Wie immer. Immer kamen alle anderen eine halbe Stunde später als er. Er hatte schon überlegt, selbst immer eine halbe Stunde später zu kommen. Aber er wusste, wenn er eine halbe Stunde später käme, kämen die anderen auf einmal eine halbe Stunde früher und würden ihm Vorwürfe machen. Das war das Leben in seiner ganzen prinzipiellen Prinzipienlosigkeit.

Kurt kam. Gerd schlurfte herein. Schweigend setzten sie sich. Horst schwieg auch. Sie sagten nicht „Hallo". Begrüßungen waren etwas für die Smalltalkgesellschaft. Gerd schwieg. Kurt blieb stumm. Horst sagte nichts. Was gab es noch zu besprechen in einer Welt wie dieser? „Der Tod", hub Kurt an, aber Horst winkte ab. Keine Lust, sich mit derart erfreulichen Themen zu beschäftigen. Gerd begann ein wenig zu weinen. Es wurde noch ein ganz schöner Abend. Es ereignete sich nichts mehr. Nichts war im Vergleich zu den Alternativen eine sehr gute Sache. Jetzt konnte gefeiert werden.

Seufzend betrat David den „Club", dessen Name allein schon die einfallslose Mittelmäßigkeit dieser Lokalität aufs Deutlichste wiedergab, den er nie im Leben betreten hätte, wenn er sich nicht gleichzeitig bewusst gewesen wäre, dass gerade in dieser matten Umgebung er selbst in noch größerem Glanz erstrahlen würde. Außerdem musste er sich von der Schmach erholen, nicht derjenige gewesen zu sein, der den Einfall gehabt hatte, eine Dönerbude zu mieten und dort einen befreundeten DJ spontan rückwärts laufende Blasorchesterklassiker auflegen zu lassen. Diese Idee hatte ja Philipp gehabt, der nun aufgrund seines genialen Einfalles viele neue Freunde gefunden und den Titel errungen hatte, aber auch der Gesellschaft seiner ganz besonderen Freunde aufgrund des sie zerfressenden Neides verlustig gegangen war.

Horst, Kurt und Gerd standen vor dem „Club". Eigentlich zu schick für sie. Politisch inkorrekte Kommerzscheiße, die sich alternativ darstellt. Alternativen Fehlanzeige. Außerdem war es kalt. Also rein. Besser im Dunkel versinken als draußen wartend gesehen zu werden.

Sein leicht gebräuntes Gesicht flüchtig in einer Scheibe betrachtend, wobei er darauf achtete, nicht dabei gesehen zu werden, um jeden möglicherweise entstehenden Eindruck der Eitelkeit zu verderben, ließ David sich den erlesenen Alkohol aus seinem, wie er kopfschüttelnd feststellte, schlecht gemixten Caipirinha langsam zu Kopfe steigen und öffnete sich der dumpfen Atmosphäre. Alles hier ließ ihn in seiner Klischeehaftigkeit nur noch mehr spüren, wie sehr er dem Rest der Welt überlegen war. In einer Ecke saßen sogar die unvermeidlichen drei Typen von der schwarzen Rollkragenpullifraktion, die sich ihre verklemmte Verspanntheit damit erklärten, dass der Laden politisch inkorrekt sei.

David setzte sich an die Bar und ließ ein Gespräch beginnen mit einer brünetten Brillenträgerin, die sich ihrer unaufdringlichen Schönheit auf angenehme Art nicht bewusst zu sein schien und durchaus in Frage kam, ihm die Zeit, wenn auch nur für diesen Abend, aufs Angenehmste zu verkürzen. Nach einigen Minuten netter Plauderei unterlief ihr allerdings ein Fauxpas, der David einen Wutanfall erster Güte erleben ließ. Sie fragte: „Sag mal, ist das nicht anstrengend, sich immer so durchzustylen?" Ihr unschuldiges Lachen konnte die verfahrene Situation auch nicht mehr retten und David ließ sein Urteil streng und schnörkellos über seine Lippen perlen: „Weißt du, was dein Problem ist? Du krittelst die ganze Zeit an anderen Leuten rum und das nur, weil du einfach nicht in der Lage bist, die Dinge mal locker zu sehen, dich zu entspannen und dich einfach so auf irgendwas einzulassen. Wahrscheinlich studierst du auch noch Philosophie oder Politik oder so 'nen Quatsch und erzählst mir jetzt gleich, dass ich wenigstens Mitleid haben soll mit den Kindern, die meine Klamotten herstellen. Ich wusste, dass dieser Laden hier es nicht bringen würde!" Mit diesen Worten ließ er die ungläubig Staunende mit offenem Mund stehen und rauschte angemesseneren Unternehmungen entgegen.

Kurt und Gerd diskutierten. Horst verstand sie nicht. Die Musik war zu laut. Horst ging sich noch ein Bier holen. Auf dem Weg rannte ihn ein laufender Kleiderständer um. Horst schluckte stolz eine Beleidigung hinunter. Wozu so kraftvolle Worte an so einen schwachen Charakter verschwenden. Ja, so liefen sie, die Opfer der Kulturindustrie, die der Leere durch eine Anhäufung von grellen Oberflächen zu entkommen suchten. Es gab wohl nur wenige Menschen, mit denen Horst noch weniger gemeinsam hatte. Horst stand nervös am Tresen. Schaffte es nach 20 Minuten stotternd ein Bier zu bestellen. Eine Braunhaarige lachte über ihn. War er gewohnt, dass man sich über ihn lustig machte. Sokrates hatte auch nie jemand verstanden. Sie sagte: „Na, das hat aber lange gedauert." Vielleicht machte sie sich ja gar nicht lustig. „Bin halt ein unaufdringlicher Mensch." Jawohl. So was Schlagfertiges war ihm schon lange nicht mehr eingefallen. Irgendwie war ein Gespräch zustande gekommen. Er erzählte von Adorno. Seine Faszination für dessen Theorie. Argument für Argument. Er sah in interessierte Augen. Die ist es. Die Frau fürs Leben. Die wahre Liebe. 100 Jahre Einsamkeit auf einmal beendet. Endlich verstand ihn jemand. Bis sie sagte: „Okay, aber so ganz komm ich da jetzt nicht mehr mit. Hab schon was getrunken." Während er seine Träume zerbrechen sah, stieß Horst hervor: „Weißt du, was dein Problem ist? Du nimmst einfach gar nichts ernst. Sitzt hier entspannt rum und erfreust dich an deiner eigenen lockeren Oberflächlichkeit und lässt die besonderen Momente unbeachtet vorüberziehen. Dir ist wahrscheinlich alles egal, außer deiner Frisur und deinem albernen Handtäschchen. Viel Spaß noch. Kapitalistin!" Bloß weg hier. Zurück in die vertraute Schwärze seiner hingeworfenen Existenz. Zurück in die tröstenden Arme seiner noch erfolgloseren Mitstreiter.

Kurz vor Morgengrauen schlüpfte Tina durch die sich seufzend öffnenden Türen der U-Bahn und setzte sich auf eines der abgewetzten Polster. Sie lächelte. Der Eintönigkeit des Lebens wieder ein paar Stunden entrissen. Sich schläfrig gegen die kalte U-Bahn-Wand lehnend, schlug sie ihre edel bestiefelten Beine übereinander, fuhr durch ihr leicht zerzaustes Haar und griff in ihr schnuckeliges, den Namen eines italienischen Modemachers durch seine Eleganz nebensächlich erscheinen lassendes Ledertäschchen, und zog ein liebevoll zerfleddertes Buch hervor. Platons Dialoge zum Ausklang der Nacht. Sehnsucht auf Papier. Genuss des Absoluten, wenn man es nicht zu ernst nahm. Beiläufig das Buch durchblätternd, das sie schon zwei Mal gelesen hatte, ließ sie den Abend Revue passieren und gab den letzten Bericht an ihre Freundin Barbara durch: „Ja, hast nichts verpasst im ‚Club'. Nichts passiert eigentlich. Aber zwei lustige

Typen haben mich angesprochen. Ja, der eine war so ein 40-jähriger Möchtegernjugendlicher, der wohl zu viel gekokst hat ... Ja, und der andere, voll süß, der war erst 16 oder so, aber meinte, er sei der Superphilosoph, hihi ..."
So plätscherte das Gespräch noch ein wenig vor sich hin, bis Tina endlich so wie immer fast ihre Station verpasste, kichernd aus der Bahn hüpfte und ihrem warmen Bett entgegenstiefelte.

Keine Post

Ich bekam keine Post mehr. Am Anfang hatte ich noch die Absender in Verdacht. Mit der Zeit erschien es mir aber unwahrscheinlich, dass ein Online-Buchversand, ein Gasanbieter, mein nerviger Brieffreund aus Kirgisien, eine Literaturzeitschrift und sogar die GEZ, die sonst mit ermüdender Zuverlässigkeit alle zwei Monate einen Brief schickte, nun alle auf einmal spontan beschlossen haben sollten, eine ruhigere Kugel zu schieben und keine Briefe mehr zu verschicken. Es musste also an der Post liegen. Tagelang lag ich auf der Lauer, stets bereit aus der Wohnung zu stürzen, wenn die erhofften Briefe endlich einträfen. Jedes Klappern der Briefkästen ließ mich zusammenzucken und bald reagierte ich auf alles Gelbe, das sich auf der Straße bewegte, so heftig, dass ich aus Versehen sogar ein Straßenschild besprang, das im Vorübergehen in meinem Augenwinkel aufblitzte.

Was war geschehen? War die Post von einem dieser modernen Dienstleistungsunternehmen übernommen worden, deren Vorgehen immer darin bestand, ein Dienstleistungsunternehmen zu übernehmen und dessen Dienstleistung dann dahingehend zu optimieren, dass man zwar immer mehr Dienstleistungen anbot, aber immer weniger davon auch wirklich ausführte?

Hatte man mich aus dem Adressenregister gestrichen, weil ich in einem Gebiet wohnte, dass ansonsten hauptsächlich zahlungsunfähige Hartz-IV-Empfänger beherbergte?

Verweste ein Tier in meinem Briefkasten, dessen Gestank selbst für einen abgehärteten Postboten eine Zumutung war?

Die Auskunft der Post war so klar wie nutzlos: Natürlich würde ich immer noch mit Post beliefert. Das stünde so im Computer und der habe Recht. Computer hätten immer Recht, weil sie keine Menschen seien. Computer seien unfehlbar. Meine Nachfrage, ob dann nach katholischem Glauben nicht auch der Papst ein Computer sein müsse, überhörte man. Wenn ich keine Post bekäme, obwohl sie doch ausgeliefert werde, müsse das Problem woanders liegen. Ich musste mein Schicksal wohl akzeptieren oder Computer bzw. Papst werden. Ersteres wollte ich nicht. Letzteres konnte ich nicht.

Ich beschloss zu warten. Neben dem Briefkasten. Mit einer Keule in der Hand. Tage vergingen. Es tauchte kein Postbote auf, den ich mit meiner Keule hätte erschlagen können. Nur ein paar Nieten wie mein Vermieter und ein Typ von der GEZ, die ich ein paar Straßen weiter vor dem Eingang einer Nervenheilanstalt entsorgte, wo sie freundliche Aufnahme fanden, als sie nach dem Erwachen davon faselten, dass gerade doch noch ein Typ mit einer Keule vor ihnen gestanden habe.

Ich versuchte, mir die Zeit zu vertreiben, und begann, die ausstehenden Briefe selbst zu schreiben. Als ich auch das Buch, auf das ich wartete, selbst geschrieben und mit dem Rest in meinem Briefkasten verstaut hatte, wurde es mir zu blöd. Ich schwang meine Keule und haute mir selbst auf den Kopf.

Ich bekam wieder Post. Aus irgendwelchen seltsamen Gründen war alles auf einmal gekommen und steckte nun in meinem Briefkasten. Ich hatte den Briefträger verpasst. Ich war wohl auf der Türschwelle eingeschlafen. Etwas verwirrt kickte ich eine herrenlose Holzkeule, die dort herumlag, zur Seite und schleppte die lang erwartete Post in meine Wohnung.

Es waren die schönsten Briefe meines Lebens. Mein Gasunternehmen erklärte mir, dass man davon absehe, noch Geld von mir zu verlangen, da ich so ein netter Mensch sei, mein

Brieffreund aus Kirgisien erzählte, er habe das Unternehmen eines entfernten Verwandten geerbt und sei nun leider zu beschäftigt, um weiter zu schreiben, eine Literaturzeitschrift hatte eine ganze Nummer nur mir und meinen völlig zu Unrecht unbekannten Werken gewidmet, die GEZ erklärte, sie sehe ein, dass ich aus Prinzip nicht fernsehe und die Satellitenantenne nur eine Installation eines befreundeten Künstlers sei, und das Buch, das mir der Online-Shop schickte, war das erste Buch, das all meinen Erwartungen gerecht wurde.

Ich seufzte tief und ging wieder vor die Tür. Ich schraubte meinen Briefkasten von der Wand.

Ich wollte keine Post mehr empfangen. Sie hätte nie wieder an die Post dieses einen Tages heranreichen können.

Aufräumen

„Noch heute werde ich eine wichtige Entdeckung machen!", sage ich mir immer, wenn ich mein Zimmer aufräume. Letztes Mal habe ich zum Beispiel festgestellt, dass ich einen Teppichboden in meinem Zimmer habe.

Dass mir das so neu erschien, überraschte mich weniger: In meinem Kopf sieht es ähnlich aus wie in meinem Zimmer. Selbst ein ausgeprägter Messi könnte hier dem Drang ein paar Containerladungen Schrott wegzuschmeißen, um wenigstens ein bisschen Platz für einen Mülleimer zu machen, nicht widerstehen.

Wenn ich also in meinem Kopf auf der Suche bin nach dem Fotoalbum mit den Gesichtern drin, wo ich die Namen immer drunter notiere und das ich konsultieren muss, weil ich nicht weiß wie eine Esmeralda dazu kommt, sich per SMS für die ölige Nacht zu bedanken; wenn ich also auf der Suche den Stapel mit den Zetteln umschmeiße, auf denen so Dinge stehen wie: Freundin nachträglich zum Geburtstag gratulieren, falls noch mit ihr zusammen, oder: Mal den Vermieter fragen, ob das schlimm ist, wenn man den Wasserhahn nicht mehr zukriegt, nachdem das Waschbecken von der Wand gebrochen ist, weil man sich draufgestellt hat, um das Loch in dem Rohr, aus dem der komische Geruch kommt, mit einem Taschentuch zu stopfen, und dann der Zettel „Mal wieder aufräumen!" es mit meinem Bewusstsein nach draußen schafft, ja, dann räume ich auf und entdecke spannende Sachen, über die ich manchmal auch ganz filmreif sagen kann: „Es hat sich bewegt!"

„Es hat sich bewegt!", sage ich.

„Ja, glaube ich auch.", sagt Herbert, der wahrscheinlich irgendwann mal meinte, er müsste für zwei Nächte bei mir pennen, und den ich wohl seitdem nicht mehr gesehen habe, während er sich aus einem Haufen von Ordnern erhebt, die ich immer mal wieder kaufe, um mein Gewissen damit zu beruhigen, dass wer einen Ordner kauft zum Blättereinsortieren ja schon mal den entscheidenden ersten Schritt gemacht hat, bei dem man es dann vorerst mal belassen kann.

Ich sage: „Hey, Herbert, lange nicht gesehen! Was machst du denn hier?" „Ich glaube, ich wohne hier.", sagt er trocken. „Und du?" „Ich auch", stammle ich. „Das kann ja nicht sein.", sagt Herbert. „Aber das würde zumindest erklären, warum mir hier alles so unbekannt vorkommt." „Ja, genau.", sage ich. Das Problem ist nur, dass auch ich mich in diesem Zimmer kaum zurechtfinde, vielleicht tue ich dem armen Herbert ja unrecht. „Herbert, ich will ganz ehrlich zu dir sein, ich hab keine Ahnung, ob das mein Zimmer ist." „Ach Harry, bestimmt ist das dein Zimmer. Ich will dich nicht von hier vertreiben.", sagt Herbert und wirft einen flüchtigen Blick auf die Stapel alter Zeitschriften, die dem undefinierbaren Abfall wohl Struktur verleihen sollen. Jetzt realisiere ich so langsam, was hier abläuft. Eines ist ja klar: Irgendwo in dieser Stadt gibt es noch ein Zimmer, in dem einer von uns beiden wohnt, und es besteht eine gewisse Chance, dass es ordentlicher aussieht als das, in dem wir gerade diese seltsame Unterhaltung führen. „Herbert, du bist mein Freund. Bleib doch einfach hier und ich durchsuche den Rest der Stadt nach meinem Zimmer, das ist echt kein Problem für mich." „Ach Harry, lass das ruhig mich machen, offenbar hast du ja gerade schon angefangen hier aufzuräumen."

Ich frage mich, wie es wohl in Herberts Kopf aussieht. Entweder es ist noch schlimmer als bei mir oder irgendeine Substanz hat da mal so richtig aufgeräumt.

Ich habe nur noch eine Chance. Herbert nutzt sie: „Warum räumst du eigentlich hier auf? Das ist doch sonst nicht unsere Art."

„Ich wollte herausfinden, wer Esmeralda ist."

„Esmeralda?"

„Ja, die hat mir 'ne SMS geschrieben."

„Auf dein Handy?"

„Ja, genau."

„Und wo lag das?"

„Na, da hinten auf meinem Schreibtisch."

„Auf deinem Schreibtisch?"

„Ja, genau."

„Fällt dir was auf Harry?", fragt Herbert.

Und ich sage: „Ja, ich muss irgendwie meinen Schreibtisch mit meinem Handy drauf in dein Zimmer transportiert haben. Tut mir leid, tut mir leid. Das ist also dein Zimmer, Herbert. Viel Spaß damit." Und mit dem Schreibtisch unterm Arm stürze ich hinaus in die Freiheit. Nach einigen interessanten Begegnungen komme ich endlich in einer Wohnung an, in deren Tür der Schlüssel passt, der auf dem Schreibtisch lag.

Hat nicht viel gebracht, die Wohnung ist genauso unordentlich wie die von Herbert.

Zwei Stunden später ist auch Herbert wieder da. Er steht vor mir und starrt mich ungläubig an. Aus meinem Spiegel.

Und er sagt: „Mann, was für 'n billiger Trick! Sich selber 'ne SMS schreiben, bevor man einschläft, um sich dann einbilden zu können, man hätte was mit einer ‚Esmeralda' gehabt. Nur an dem blöden Namen ist mir aufgefallen, dass ich mir das selbst ausgedacht haben muss."

Meine Ampel

Ich wohne an einer großen Straße. Morgens schippe ich den Feinstaub, um aus der Türe treten zu können. Nachts überzeuge ich alkoholisierte Jugendliche davon, dass nur ihr Auto jetzt Schrott ist und ich nicht der Todesengel bin. Ich könnte einen Roman über meine Straße schreiben. Heute will ich von der Ampel erzählen, die es Fußgängern wie mir erlaubt, sie ab und an zu überqueren, wenn alles gut geht, und direkt an der Kreuzung neben unserem Haus steht. Mit dieser Ampel hat es eine ganz besondere Bewandtnis: Sie schaltet falsch. Diese Ampel ist zum Regeln des Verkehrs ungefähr genauso gut geeignet wie ein sprechender Maulwurf, der zwei Straßen weiter steht und flüstert: „Ich glaube, jetzt ist es gerade rot." Will man als Fußgänger von unserer Seite der Straße aus eben diese überqueren, tut man das wie es uns Sitte und Brauch vorgeben, bei Grün. Außer an dem einen illegalen Tag im Jahr, den ich mir gönne. Da gehe ich bei Rot und sage ganz leise: „Polizisten sind doof.", aber das ist eine andere Geschichte. Man geht also bei Grün über die Straße. Allerdings sehen die Autofahrer, die dank grünem

Pfeil an der Kreuzung um die Ecke biegen können und eigentlich meiner Meinung nach nur die gelbe Leuchte beachten müssten, die wacker blinkend anzeigt, dass man die Fußgänger beachten solle, diese Autofahrer, die dann sozusagen in die Gegenrichtung schauen, die sehen dann rot, also sie sehen ein rotes Männchen, das beharrlich auf der Stelle steht. Ich fasse noch mal zusammen: Fußgänger sehen grün, Autofahrer rot. Das Problem ist nun, dass die Fußgänger tatsächlich grün haben, also völlig zu Recht die Straße überqueren.

Die Autofahrer reagieren auf die ungewohnte Situation ganz unterschiedlich, mit der Zeit habe ich begonnen, sie in eine Typologie einzuteilen:

Die Simpelsten sind die, die einen fast über den Haufen fahren, ohne sich um die nur knapp verfehlten Fußgänger zu kümmern. Ob man vor Schreck zur Salzsäule erstarrt, langsam zu sich kommend den ersten Schlag des nur zögerlich wieder einsetzenden Herzens erwartend am Straßenrand steht oder schon als etwas abstraktes lebloses Kunstwerk die Kreuzung schmückt, es ist ihnen egal. In deren Fall könnte auch ein großes Monster auf der Straße sitzen, das Autos verschlingt. Sie würden einfach weiterfahren und den eigenen Tod im säurebefüllten Darm des Monsters wohl eher beiläufig erleben: „Ach, guck mal, da ist so 'n helles Licht am Ende von dem Tunnel. Kann der Arsch nicht mal abblenden?"

Die Nächsten sind die, die einen fast über den Haufen fahren, allerdings mit voller Absicht, einem dann mit vor Entrüstung dunkel gerötetem Lateinlehrerkopf einen Vogel zeigen und rufen: „Da ist rot, Sie Idiot! Wir sind hier in Deutschland! Wenn das jetzt ein Kind gesehen hätte, überlegen Sie mal. Das springt dann vor Verzweiflung am fortschreitenden Werteverfall über das nächste Brückengeländer! Und Sie sind Schuld!" Das sind die Leute, die im Kino schon bei der Werbung zischen, man solle doch ruhig sein, es gebe schließlich auch Leute, die den Film sehen wollen. Die holen sich dann vom zweistündigen Kopfschütteln nach der Begegnung einen steifen Nacken und halten einen Bus an, in dem jemand ein Eis isst, um sich wieder abzureagieren.

Die Letzten sind die, die einen fast über den Haufen fahren, aber kurz vorher stehen bleiben, dann blitzschnell die Situation verstehen und sich entschuldigen, mit großer Geste die Straße freigeben und warten, bis man vorsichtig mit ungläubigem Blick und angespannten

Gliedern, immer noch ein plötzliches Anfahren einkalkulierend die Straße überquert hat. Das sind die Leute, denen ich den Dienstwagen wünsche, den andere fahren dürfen. Warum sind solche Leute nicht in der Politik? Wahrscheinlich, weil sie zu intelligent dazu sind, um sich auf so was einzulassen.

Soweit also meine typologische Analyse. Alle drei Typen haben aber eines gemeinsam: Sie können nichts dafür. Selbst die Arschlöcher vom Typ eins sind mehr oder weniger unschuldig an der ganzen Sache. Die Ampel sollte einfach richtig eingestellt werden. Alternativen gibt es nicht. Ich kann ja nicht jedem vom Typ zwei entgegenbrüllen: „Ja richtig, es sieht aus als wäre es rot, aber es ist eigentlich grün, schauen Sie doch mal da rüber." Entweder er ist schon weitergefahren oder die Ampel auf der anderen Seite hat inzwischen auch auf Rot umgeschaltet und ich stehe da wie der letzte Depp.

Das Wort Depp bringt mich dann auch zur vermeintlichen Lösung des Problems. Ich habe nämlich mal der Stadt Bescheid gesagt, dass sie das mit der Ampel doch mal ändern sollen. Haben sie dann auch. Jetzt zeigt es nicht mehr auf der einen Seite grün und auf der anderen rot. Nein! Diese Zeiten sind vorbei. Jetzt ist es genau umgekehrt. Jetzt denken die Autofahrer, es sei grün für die Fußgänger, während ich auf ein rotes Männchen schaue. Jetzt kann ich meine tolle Typologie voll vergessen. Die drei Typen halten mich inzwischen einfach alle für völlig bekloppt. Die vom Typ zwei und drei, weil sie denken, ich sei zu blöd, um bei Grün über die Straße zu gehen und die vom Typ eins, weil sie sowieso alle anderen Menschen für Volldeppen halten.

Meine Straße

Ich gehe meine Straße entlang.
Scheuklappen von hässlichen Fassaden
zwingen meinen Blick in eine Richtung
zu schauen. Weg von ihnen.
Wo ich noch mehr hässliche Fassaden sehe.
Mein Blick macht mir einen Film:
„Die Abenteuer des Flaneurs – Teil 452
– Das Impressionenmassaker!"

Ich gehe meine Straße entlang.
Bei jedem meiner Schritte
fällt ein kranker Baum samt welken Blättern
zu einem Haufen am Rand der Straße
zusammen,
an dessen Resten sich ein paar ausgehungerte
Maden versuchen,
um dann von seinem Gift innerlich verzehrt
zu sterben.

Das graue Band schlurf' ich entlang
und kau' mich durch die Abgasflocken,
ertrag den wimmernden Gesang
der Geier, die im Rinnstein hocken.
Die Augen tot, die Zähne hohl,
so sah auch ich mich heut' im Spiegel

und fühlte mich dabei recht wohl –
Der Tod dies Tages glücklich Siegel.

Der Tod ... Tod ...
Tote Straße,
toter Asphalt,
tote Pfützen,
tote Steine,
verreckt an der Steinegrippe,
totes Unkraut,
tote Fenster,
ein gerade noch lebender zermatschter Frosch,
tote Schnecken,
tote Fliegen
in toten Ratten
in toten Typen,
die mal tote Ratte probieren wollten,
tote Ampeln,
tote Luftmolekülelektronen,
tote ... Tote!

Doch mitten in diese Szenerie
schwebt eine Wolke,
schwebt die Straße entlang
und landet sacht am Straßenrand

Sie, die Sie, die man nie sah,
die Sie, die sacht am Sinken war,
die Sie, die sonst bei Sonnen wohnte
und dort oben einsam thronte,
nichts Bessres fand als sich allein,
die suchte nun im tiefern Sein
ein Gegenstück nach ihrem Maße
und wähnte es in meiner Straße,
ja vielleicht sogar in mir?

Sie entsteigt dem himmlischen Gefährt,
ihre weißen Ballerinas behauchen den Boden,
die verklebten Kaugummis auf den rissigen
Steinplatten
sehen auf einmal nach dunklen
Zartbitterschokoladenfladen aus
und die Kakerlaken drehen sich auf den
Rücken
und formen aus ihren Beinchen und
Fühlerchen
ein kalligraphisch berauschendes
„Willkommen!"

Der Wind, einstmals stinkend, nun einfach mit
viel Charakter
umschmeichelt ihre seidigen Beine,
ihr Blick trifft den meinen,

in ihren Augen
sehe ich das Bild
eines holden Jünglings,
mir,
der am Strand steht
und sein Lächeln in die Wellen wirft
wie einen Stock,
den ein kleiner Hund zurückholt
und ihr vor die Füße legt,
mein Bauch fliegt auf Schmetterlingsflügeln davon.
Alle Menschen auf der Straße bleiben
andachtsvoll stehen,
es ist die schönste Schweigeminute der Geschichte.

Und sie?
Sagt: „Also hier geh' ich ganz bestimmt nicht aufs Klo!"
Spuckt verächtlich auf den Boden
und steigt schnaubend zurück in ihre Wolke,
ein Kätzchen, das ihren Speichel aufleckt,
stellt die Haare auf und durchtrennt einem Bullterrier im Sprung fauchend die Kehle,
die Kakerlaken werfen ihre Köpfe ab,
ihre Körper wälzen sich im Staub,
der Kaugummi frisst sich tiefer in den Stein,
die Wolke hebt wieder ab,

es regnet sterbende Tauben,
die Menschen beginnen zu schluchzen,
jeder sagt zum Nächststehenden: „Du bist Schuld!"
Und die Sonne verdunkelt sich für immer.

Ich gehe meine Straße entlang.
Die Scheuklappen von Fassaden
zwingen meinen Blick
in eine Richtung
zu schauen. Weg von ihnen.
Ich erklimme die krachenden Stufen
meines bröckeligen Hauses,
betrete mein noch zur Hälfte gefliestes Bad,
schaue in den trüben zersprungenen Spiegel
und frage das hohläugige Wesen dort,
„Was wollte ich hier eigentlich, in dieser Straße?",
und dann,
während vor dem Badfenster eine Wolke vorbeizieht,
fällt es mir wieder ein:
„Umziehen!"

Umzug

„Willst du mir beim Umziehen helfen?" Diese schicksalhafte Frage stellte mir Peter, ein Freund, zumindest damals noch. Meine Antwort, die mein Leben für immer verändern sollte, lautete: „Hä?" und Peter sagte: „Mensch, ich wusste, dass ich mich auf dich verlassen kann!" So kam es, dass ich mich eines späten Vormittags schließlich in Peters Wohnung einfand, einem Raum in einer WG, auf den die vornehme Bezeichnung „Zimmer" nicht so recht passen wollte. „Ich frage noch ein paar andere Leute, dann geht das alles Ruck-Zuck!", hatte er noch versprochen, nun stand ich alleine da.

Peter hatte mich an der Tür empfangen mit den Worten: „Ich muss noch frühstücken, du kannst ja schon mal anfangen." „Anfangen womit?", fragte ich mich durch Peters Zimmer stolpernd. Ich sah hier keine Kartons, die ich hätte nach unten tragen können, wo ein ausgeliehener VW-Bus auf Beladung wartete. In Peters Zimmer befanden sich nur Unmengen von Müll und Gerümpel.

Ich suchte Peter in der Küche auf, wo er sich gerade aus den Vorräten seiner Mitbewohner ein üppiges Frühstück zusammenstellte. „Ähm, Peter, hast du die Kartons schon woanders abgestellt?" „Kartons? Ach, das ist doch langweilig. Kein Mensch braucht Kartons. Pack das Zeug aus meinem Zimmer einfach so in den Wagen." „Ähm, welches Zeug denn genau?" „Na alles! Die ganzen Schätze, die ich in jahrelanger Arbeit angesammelt habe, sollen alle mit in mein neues Zuhause!" „Ah gut, und wann kommen die anderen?" „Ach so, ich hab den anderen gesagt, das schaffen wir schon alleine, du kriegst ja immer alles irgendwie geregelt." Der letzte Satz entsetzte mich zwar, aber der letzte schmeichelnde Teil stellte mich vorerst ruhig und ich begann, Peters Sachen nach unten zu tragen.

Ich fing an mit ein paar alten Autoreifen, die er schon seit ein paar Jahren verkaufen wollte, dann wollte ich seine Sammlung alter Überraschungseifiguren in eine Tüte packen, was Peter tatsächlich zu einer kurzen Unterbrechung seines Frühstücks und der entsetzten Anweisung: „Nein! Die bitte immer nur einzeln nach unten tragen!", veranlasste.

Ganz ehrlich. Ich bin nicht total verblödet. Mir war schon klar, dass ich mich ausnutzen ließ, aber Peter hatte mir auch schon geholfen. In meiner WG hatte er tatsächlich den Müll entsorgt, der so lange rumstand, dass man ihn gar nicht mehr guten Gewissens in eine normale Mülltonne packen konnte. Ich weiß nicht genau, was er damals gemacht hat. Im Nachbargarten wuchsen seitdem zumindest keine Blumen mehr.

Nachdem ich dann aber auch seine Scherbensammlung runtergebracht hatte, die ihm wohl Glück bringen sollte, und mir von ihm die letzten dieser Schätze mit dem Kommentar: „Pass doch besser auf!", aus den blutenden Handflächen ziehen ließ, explodierte ich: „Scheiße! Peter! Ich schleppe hier die ganze Zeit und du machst gar nichts!" „Ach so, ich mache also gar nichts?", fragte er beleidigt. „Ich trage also gerade nicht einen Schrank alleine die Treppe runter! Nein! Ich baue nicht gerade einen Seilzug für meine fast originalgetreue Nachbildung von Michelangelos David-Statue! Nein, ich mache gar nichts!" So ging es noch eine halbe Stunde weiter und es war mir ein bisschen unangenehm, aber so hatte ich Peter tatsächlich dazu gekriegt, den Rest seines Zimmers selbst runterzuschleppen.

„Wollen der feine Herr Umzugsinspektor sich dann zur neuen Wohnung kutschieren lassen und mir dort beim Ausräumen mit weiteren wertvollen Kommentaren behilflich sein?", nörgelte Peter weiter und ich folgte ihm, weitere Richtigstellungen unterdrückend. Peter hatte keinen Führerschein und so kam es mir zu, die alte Rostlaube ohne Stoßdämpfer und mit einer sehr eigenwilligen Gangschaltung durch die Gegend zu kutschieren, während Peter weiterschnaubte: „Nein! Ich habe ja nicht dafür gesorgt, dass wir mit diesem erstklassigen Gefährt durch die Gegend fahren, weil der Herr Umzugsprofi es so wollte, während ich der Meinung war, man könnte die paar Kilometer auch locker zu Fuß bewältigen!" Wie um seine Worte zu unterstreichen blieb das „erstklassige Fahrzeug" mitten auf einer Kreuzung stehen und bewegte sich keinen Zentimeter mehr vorwärts.

Jetzt mussten wir das Zeug wohl wirklich tragen, nachdem ich Peter davon überzeugt hatte, dass wir das Auto nicht den Rest des Weges schieben könnten. Wir kamen also zwei Stunden später mit der ersten Fuhre auf dem Rücken bei der Bruchbude an, in der Peter sein neues Heim einrichten wollte. Dort angekommen meinte Peter, er müsse nur schnell den Schlüssel vom Vermieter holen, der im selben Haus wohnte. Der Vermieter öffnete verschlafen seine Tür und sah Peter verdutzt an: „Ja?" „Hallo ich bin ihr neuer

Mieter!", posaunte Peter. „Neuer Mieter?" „Ja, ich ziehe doch heute ein?" „Wo einziehen?" „Na hier, in den Keller." „Wir haben aber schon einen neuen Mieter." „Was? Aber ich hatte Ihnen doch geschrieben, dass ich heute einziehen will!" „Ja stimmt, aber ich hatte Ihnen darauf geantwortet, dass die Ankündigung einziehen zu wollen wenig daran ändere, dass wir uns für jemand anderen entschieden haben!" Für jemand anderen entschieden. Man sah förmlich in Peters Gesicht, wie wenig ein Satz wie dieser mit seiner Sicht der Welt zu vereinbaren war. Dutzende von genervten Frauen hätten ein Lied davon singen können.

So standen wir schließlich auf der Straße und Peter sagte in seiner gewohnt spontanen Art: „Ach, ist doch egal, dann zieh ich halt bei dir ein!"

Der Langweiler

Eines graubewölkten Morgens erwachte Heinz Stiefelknecht, ein lediger Finanzbeamter, der nur deshalb nicht mehr bei seiner Mutter wohnte, weil sie schon lange tot war, aus wirren Träumen. Während er noch unbebrillt ins verschwommene Tageslicht blinzelte, rekonstruierte er mühsam die Begegnung mit folgendem jenseitigem Triumvirat aus dem assoziativen Brei seiner Erinnerung. Zuerst war er einem Zauberkünstler begegnet, der wirklich zaubern konnte und immer so tun musste, als sei irgendein Trick dabei, und immer ein Tuch davorhängen musste, wenn er etwas verschwinden ließ. Dann hatte er die Bekanntschaft einer schönen Fee gemacht, von der sich die Ritter immer nur Geld wünschten, anstatt die schönste Frau der Welt. Die schönste Frau der Welt war ihrer Meinung nach natürlich sie selbst. Dieser verzweifelte Reigen wurde beschlossen von einem Gelehrten, der die Weltformel und die Erklärung für alles gefunden hatte. Diese drei hatten am Ende des Traumes in einem quadratischen Haufen vor ihm gestanden und ihm ihre plakative Botschaft aus sich vor Bedeutung kräuselnden

Mündern entgegengeflüstert: „Uns ist so langweilig, aber der Schlimmste von uns allen bist du!"

Eine alte Angst, die schon lange am Rande seines Lebens in einem vergessenen Kessel bedrohlich gärende Blasen trieb, stieg in Heinz auf, während er den Schlamm der nächtlichen Fahrt aus seinem Zwerchfell schüttelte. Die Angst, dass sein Leben langweilig war, denn wer langweilig war, über den lachten die Leute hinter vorgehaltener Hand und gaben ihm komische Namen.

Heinz war jemand, der immer alles richtig und korrekt machte, nach Vorschrift, selbst wenn es keine Vorschriften gab. Wenn es eine Revolution gegeben hätte, wäre er wohl der Erste gewesen, der seine Mitstreiter gefragt hätte, ob die Barrikaden eigentlich auch vom Hochbauamt genehmigt seien. Beim Fußballspielen war er nie der, der immer im Tor landete, sondern der, der die Ergebnisse für die Statistik mitschrieb. Heinz sammelte keine Briefmarken, er sammelte alte Busfahrpläne. Der aufregendste Tag seines Lebens war der seiner Geburt gewesen und ausgerechnet an den konnte er sich nicht mehr erinnern. Der zweitaufregendste Tag hatte damit zu tun, wie er einmal in der Schule ein Gedicht aufsagen wollte und sich dabei in die Hose machte, aber den hatte er erfolgreich unter einer Schicht alter Peter-Alexander-Filme vergraben. Sein Leben war ungefähr so spannend wie ein Krimi, in dem nur eine Person vorkommt. Auf seinem Grabstein würde wohl einmal stehen: Betreten des Rasens verboten.

Während Heinz sein Leben bilanzierend an seinem inneren schläfrigen Auge vorbeiziehen ließ, verschaffte sich ein alter Wunsch von neuem Geltung, der aus den bröckeligen Schichten seines schnörkellosen Lebenslaufes hervorbrach wie ein mutierter Killerregenwurm: der Wunsch, außergewöhnlich zu sein.

Er wollte zum Mond fliegen und draufschreiben: „Wenn sie diesen Text komplett lesen können, dann ist Vollmond", und für diese einzigartige Tat in den Konsumtempeln der Metropolen als dauergrinsendes Maskottchen verehrt werden. Nach reiflicher Überlegung strickte sich Heinz einen etwas grobmaschigeren Plan, der materiell etwas weniger aufwendig war: Heinz wollte ein Chaot werden, der sich abschätzig die Nase hochziehend über jeden Stacheldrahtzaun spießiger Konventionen hinwegrotzte. Gesagt, getan. Zunächst hatte sich Heinz ein paar Kisten laute Musik zugelegt, die er in einem dunklen Keller erstanden hatte, bei einem unheimlichen Mann mit einem Ring in der Nase, den er wohl einem geschwächten Tanzbären entrissen hatte. Dann ging Heinz daran, sein Äußeres vom Stil eines rüstigen 50er-Jahre-Bungalows zu dem eines einstürzenden Neubaus umzupflügen. Stolz wagte er den Blick in den Spiegel, nachdem er die Haare grün gefärbt und eine auf dem Flohmarkt erhandelte Nietenlederjacke übergeworfen hatte. Von der linken Seite seines blanken Schädels standen zehn grüne Haare wie ein paar Grashalme im zehnten Frühling senkrecht in die Höhe, die er sonst quer über denselben zu kämmen pflegte. Seine Lederjacke machte aufgrund der Korken, mit denen er die langen spitzen Nieten zum Schutze seiner Umwelt bestückt hatte, einen etwas gehemmten Eindruck. Es beschlich ihn angesichts dieses Aussehens sehr bald recht ungestüm die Erkenntnis, dass für genau das Bild, das er gerade abgab, das Wort „Möchtegern" erfunden worden war. Dieser Verdacht bestätigte sich noch, als man seine Frage nach freundlicher Einkehr bei einer Kellerfestivität mit den Worten „scheiß Zivibulle" und einigen fliegenden Bierflaschen beantwortete.

Nach langem Überlegen und einigen sehr aufreibenden Versuchen, wie zum Beispiel

Drogen zu nehmen, die bei Heinz aber nur die Wirkung hatten, dass er entweder sehr wach oder sehr müde wurde, oder dem Versuch, sich selbst zu tätowieren, was mit Hilfe einer Stricknadel und einem Edding aber nur ein sehr abstraktes Kunstwerk auf seinen linken Oberschenkel hinterließ, kam Heinz die Idee, wie er sein Verlangen nach etwas Außergewöhnlichem stillen konnte, ohne seinen Leib noch weiter zu zerrütten. Per Telefon! Die Telefonleitung würde der schmale Grad sein, auf dem er unbeschadet auf den Pfaden der Delinquenz lustwandeln konnte, mit einer Bombe unter dem Arm. Ja, einer Bombe. Schon seit frühester Kindheit träumte Heinz insgeheim von diesem großen Coup, der Bombendrohung, dem Kugelfisch-Essen, dem russischen Roulette unter den Telefonstreichen. Gesagt, getan. Heinz wählte die Nummer eines großen Kaufhauses, erklärte dem Fräulein am anderen Ende der Leitung, dass im betreffenden Gebäude ein Sprengkörper mit Schweizer Präzisionszeitzünder der totalen Detonation entgegenticke, die garantiert das halbe Warenhaus in Schutt und Asche legen würde, erkundigte sich noch nach dem Vorhandensein der vorgeschriebenen Fluchtwege, hinterließ seine Nummer samt Namen und Adresse, falls man noch Rückfragen hätte, und legte jubilierend auf. Wenig später fand sich die Polizei ein und erklärte Heinz, dass man von einer Anzeige absehe, weil seinen Anruf niemand ernst genommen hatte, und Heinz schämte sich. Er schämte sich so wie damals, als er vor der Klasse stand, gerade jene berühmten Zeilen aus Goethes Zauberlehrling rezitierend: „Walle, walle manche Strecke, dass zum Zwecke Wasser fließe ...", als das feuchte Unglück seinen ungebremsten Lauf nahm. Voller Ingrimm kehrte Heinz in sein altes langweiliges Leben zurück.

Diese Ereignisse hatten Heinz verändert, er war zwar nicht unbedingt weniger langweilig, hatte sich aber den Galgenhumor alter Kriegsveteranen zugelegt. Jetzt ließ er sich manchmal zu kleinen scherzhaften Sprüchen hinreißen, wenn ein verzweifelter Bürger Panikattacken mühsam verbergend vor ihm saß, wie zum Beispiel: „Kein Grund sich Sorgen zu machen, aber den finden wir schon noch." Oder: „Wir haben hier noch keinem den Kopf abgerissen, das machen wir nebenan." Und wenn ihm jemand wirklich auf die Nerven ging und ihn fragte, wo das hier alles noch hinführen solle, dann erinnerte sich Heinz an seine wilde Zeit und zog eine der alten Platten aus seiner Schreibtischschublade, auf der in krakeliger Schrift „No Future" stand.

Das Spiel der Spiele

Klick, klack, oh! So klingt es mir noch heute in den Ohren. Jener Sound des Spiels der Spiele: das Tischkickern. Kaum zu glauben, dass dieses Spiel so einen Kultstatus erlangen konnte: der Versuch, Fußball auf einen Tisch zu bringen. Fußball, der mit der Hand gespielt wird. Vier Leute stellen sich an einen Tisch und beugen den Oberkörper bis kurz vor den Hexenschuss und drehen die Handgelenke, bis sie eine Sehnenscheidenentzündung bekommen.

Eines ist sicher faszinierend an den kleinen Holzmännchen: So eine taktische Disziplin könnte man keiner echten Mannschaft antrainieren.

Schön sind auch die zahlreichen Rituale: Das Klopfen, mit dem die nächste Mannschaft bekundet, dass sie im nächsten Spiel den Platz der Unterlegenen einnehmen wird. Die Tradition, bis sechs zu spielen und nicht wie manch' Ahnungsloser glaubt, bis zehn. Das Untersagen des Kurbelns, das zwar Erfolg bringt, aber das ganze Spiel zerstört.

Gerne erinnere ich mich auch an jenes legendäre Spiel, das man in meiner Stammkneipe seitdem nur noch flüsternd „Das Spiel" nennt.

Es gibt sehr unterschiedliche Spielertypen: In den vieren, die an diesem Abend am Tisch standen, waren sie alle vertreten: der Schweiger, der selbst beim schönsten Tor nur stumm auf den nächsten Anstoß wartete, der Choleriker, der nach einem unwichtigen Ballverlust fast den Tisch umwarf und selbst nach gewonnenem Spiel zeterte: „Das kann doch nicht sein! Zu blöd, einen Ball zu halten! Ich hör' auf! Jetzt ist Schluss! Ein für alle Mal!", der Pausendehner, der jede Spielunterbrechung zum Zug an der auf dem Tischrand abgelegten Zigarette nutzte, einen kräftigen Schluck von seinem Bier nahm, aufs Klo ging, sich ein neues Bier bestellte und mal kurz nach Hause ging, um noch schnell die Steuererklärung fertig zu machen, was er verblüffenderweise tatsächlich alles innerhalb von zehn Minuten schaffte. Schließlich gab es noch den Kommentator, der die anderen mit seinen Sprüchen zu Reaktionen reizte: „Ja, nicht einschlafen hier! Das war ein Ding! Den hab ich aber mal ins Tor befördert! Den hat eure Abwehr gar nicht kommen sehen! Ha! Na gut, war auch ein Eigentor ..."

Während das eine Team eher ruhig war, weil das eine Mitglied nie da war und das andere immer schwieg, ging es im anderen voll zur Sache: „Man, denen haben wir es aber gezeigt!", meinte der Kommentator und der Choleriker keifte: „Gezeigt! Gezeigt! Ja von wegen! Das war doch nichts! Nichts! So einen Scheißhandschlag zu Spielbeginn hab' ich noch nie gesehen!" „Jetzt sagt ihr doch auch mal was dazu!" „Ja, die zwei schweigen die ganze Zeit! Macht mich völlig wahnsinnig, diese Ruhe! Wenn doch mal jemand was sagen würde!" „Ja, genau!" „Und du halt die Klappe!"

Der Choleriker war völlig am Ausflippen, keiner traute sich etwas zu sagen. „Wenn jetzt noch einer was sagt, dann, dann ...!" „Was?", fragte der Schweiger, der es nicht mitbekommen hatte.

Tischkickerbälle können ganz schön wehtun, vor allem, wenn sie von der Wand abprallen und dem cholerischen Werfer zurück ins Gesicht springen. Zumindest hatte der jetzt für eine kurze Zeit seine Ruhe.

Eine halbe Stunde dauerte es, bis das erste Tor fiel. Für das stille Team. Schon kurze Zeit später schlug der Ball aber auch auf der Gegenseite ein. Eine weitere halbe Stunde passierte nichts. Man machte Pause. Ein paar Minuten später führte das laute Team. 2:1. Die nächsten zwei Tore folgten recht schnell aufeinander, da die Lauten nur mit einem Spieler anwesend waren, „um den Schwächeren eine Chance zu geben.", wie sie sagten. 2:3 stand es also. Mühsam kämpfte sich das laute Team in den nächsten 20 Minuten auf ein Unentschieden heran. Die Gegenseite hatte den Tisch netterweise gleich ganz verlassen. 3:3. Jetzt schenkte man sich nichts mehr. Selbst um Zigaretten musste sich jetzt jedes Team selbst bemühen. Der hölzerne Rasen musste zwischenzeitlich entwässert werden, weil ein Trottel sein Bier auf den Rand des Tisches gestellt hatte.

Das Publikum, die üblichen Stammgäste und zwei Polizisten, die von der Nachbarin geschickt worden waren, weil sie „Schüsse" gehört hatte, und dann, vom Spiel gefesselt, geblieben waren, teilte sich mit der Zeit wie die Parteien am Tisch in zwei Lager: Die einen verfolgten gebannt das Spiel und den anderen war es scheißegal.

Tor! Wieder führten die Lauten. Auf stiller Seite war man so geschockt, dass man gleich das nächste Tor kassierte. Es stand 5:3. Zwischendurch musste ein Spieler ausgewechselt werden, weil er seine Beine verlor, ganz so stabil sind diese Holzmännchen dann doch nicht. Es wurde knapp. 5:4 – die Stillen holten noch einmal auf. 5:5.

Das letzte Tor würde den Abend entscheiden. Man hielt die Luft an, hörte nur das Klickern und Klacken, als der alte betagte Kickertisch gleichgültig gegen dieses Spiel aufgab und auseinanderbrach.

Man wusste nicht, ob man lachen oder weinen sollte, und entschied sich dafür, einfach zu trinken.

Noch heute hängt eine Gedenktafel in der Kneipe: „Hier stand ‚Der Tisch' an dem einst ‚Das Spiel' gespielt wurde. Er sprach nicht viel, aber er hatte viele Freunde."

Grillen

Es nähert sich die warme Jahreszeit, bald sprießen die ersten Blumen und auch die ersten Rauchfahnen wird man bald über Balkonen und Gärten aufsteigen sehen, denn mit der Sonne kommt auch: das Grillen. Ich kenne Horden von Männern, die schon im Januar beim ersten Sonnenstrahl Grillversuche auf ihrem Balkon machen, ohne sich von den Eiszapfen dort beeindrucken zu lassen.

So besuchte ich neulich meinen Freund Uli, einen leidenschaftlichen Griller. Freudig begrüßte er mich an der Tür, einen schwarzen Fleck auf der Stirn. Die Kohle war wohl schon im Grill gelandet. Ich folgte Uli auf den Balkon. „Na, dann lass uns mal den Grill anschmeißen!", intonierte er die Losung der Grillbegeisterten. Für Uli war die Losung „Grill anschmeißen" untrennbar mit einer Substanz verbunden: Grillanzünder. Er kippte zwei Flaschen von dem Zeug in die Kohle und ließ dann mit einem gezielt aus sicherer Entfernung geworfenen Streichholz eine zwei Meter hohe Stichflamme aufsteigen. Wir schnippten uns die letzten Reste unserer Augenbrauen aus dem Gesicht und Uli meinte: „Na? 'n

Bier?" Er drückte mir ein Fläschchen in die Hand, wir stießen an, warteten bis die Flammen sich gelegt hatten und höllenfeuerrote Glut im Grill zu sehen war, löschten den Rest der Wäsche vom Balkon über uns einigermaßen und Uli begann das Grillgut auf dem Rost zu verteilen.

Nach einiger Zeit reichte er mir die ersten Stücke Fleisch, wobei er selbst wie alle großen Grillmeister am Grill stehen blieb, unermüdlich weiter grillend, falls spontan noch hundert Gäste vorbeikämen, und sich selbst nur ab und zu ein Steak einwarf.

Genüsslich biss ich in mein Fleisch, das so viel Grillanzünder enthielt, dass ich mir jeglichen Alkohol für den Rest des Abends sparen konnte.

Ich machte mir eine neue Grillsauce aus den Resten, die sich in den 50 verkrusteten Flaschen befanden, die Uli auf den Tisch gestellt hatte.

Nach ein paar Stunden konnte ich nicht mehr. Ich hatte mehr Fleisch gegessen, als ich selbst auf den Rippen hatte, und Uli war stets mit einem neuen Teller voller Fleisch zur Stelle. Ich kam mir vor wie Sisyphus im Imbiss der Unterwelt.

Auch die Feuerwehrmänner konnten nicht mehr. Die Feuerwehrmänner, die angerückt waren, nachdem die Nachbarn im Fernsehen gesehen hatten, dass die Astronauten auf der Raumstation ISS von einer dichten Rauchsäule berichteten, die über Deutschlands Südwesten aufstieg, und daraufhin aus dem Fenster sahen.

Uli hatte es geschafft, sie mit einigen Schüsseln Steak gütlich zu stimmen und das Ganze nicht als teuren Sondereinsatz, sondern als Betriebsausflug anzusehen.

„Uli, ich glaub, ich kann nicht mehr.", flüsterte ich, hilflos durch meine mit Fett beschlagenen Brillengläser blinzelnd, was ihn nur dazu veranlasste, mir sehr routiniert ein Wasserglas Schnaps einzuschenken. Jetzt fühlte ich mich nicht mehr wie Sisyphus. Ich fühlte gar nichts mehr.

Uli selbst konnte sich inzwischen nur noch aufstoßend verständlich machen und goss sich ab und zu, um sich nicht zu überhitzen, ein Bier über den Schädel, das sofort wieder verdampfte.

Ein zweiter Wagen der Feuerwehr rückte an, um die vollgefressenen Kollegen mittels einer Hebebühne wieder hinunter in ihr Fahrzeug zu befördern.

Ich war dem Tode nahe und drohte schon wie eine nicht eingeschnittene rote Wurst irgendwo unkontrolliert aufzubrechen, als Uli schließlich doch an seine Grenzen stieß und sich geschlagen auf den Küchenfußboden fallen ließ.

Da lag er nun auf den unter ihm zerborstenen Fliesen und beschloss den Abend mit den mir unvergesslichen Worten: „Man sollte einfach öfter grillen!"

Nachbarn unter sich

Ich erwachte in einem dunklen Raum. Meine Augen gewöhnten sich an die Dunkelheit und bald erkannte ich, wo ich war: im Keller. Nicht in irgendeinem Keller, nein, in dem Keller, in dem ich Sara manchmal beim Wäschewaschen traf. Ich war gefesselt und dachte mir schon, dass das wohl etwas mit Jürgen zu tun hatte, Saras Freund.

Jürgen war etwas paranoid. Er glaubte, Sara würde ihn betrügen. Das stimmte gar nicht. Sie liebte ihn. Nur schlief sie eben ab und zu mit mir hier auf der Waschmaschine. Das hatte nichts mit Liebe zu tun, das war einfach nur Spaß. Jürgen war zu engstirnig, um diesen Unterschied zu erkennen. Sara liebte es eben, mehrere Rollen zu spielen. Ich konnte Jürgen auch verstehen, ich kannte ihn ja lange genug, immerhin war er mein bester Freund.

Ich wusste auch schon, was mir jetzt blühte. Er würde mich ein bisschen foltern, so wie wir damals unseren Vermieter. Der arme Mensch glaubt bis heute, die Russenmafia wolle sein Haus kaufen. Deshalb musste er damals dann das nur noch vom Schmutz zusammengehaltene Haus ordentlich renovieren. In seiner

Verzweiflung bat er uns Maskierten sogar seine verkommene Tochter an. Damals lehnten wir natürlich ab, es ging ja um die Renovierung. Jürgen sagte damals kichernd: „Wenn der wüsste, dass ich sowieso mit Sara zusammen bin." „Ja, haha …", sagte ich zögernd, weil auch ich schon ein Verhältnis mit ihr hatte.

Es dauerte nicht lang und eine Person mit einer dunklen Stoffmaske betrat den Keller. Das mit der Maske war albern, ich wusste ja, dass ich Jürgen vor mir hatte. Das mit dem Schürhaken konnte ich verstehen. Ich ließ mich fesseln und die Kommentare von wegen: „Jetzt bist du dran.", über mich ergehen.

„Schon gut, Jürgen, das kannst du dir sparen. Ich schlafe nur mit Sara. Mehr ist da nicht!"

„So, so."

„Ja gut, ich habe ihr gesagt, sie soll dich verlassen, du seist ein Idiot, ich als dein Freund müsse das ja wissen …"

„Ich bin nicht Jürgen!", unterbrach mich der Maskierte und ich versuchte, unseren Vermieter zu beschwichtigen:

„Oh, Herr Grottenolm. Ja, äh … gut … ich schlafe mit ihrer Tochter. Wir haben aber immer ein Kondom benutzt. Außerdem ist sie doch eine erwachsene Frau, ich meine …"

„Deswegen sind wir nicht hier!"

„Ach, ähm, gut, ich gebe es zu: Ihre Katze ist nicht verschwunden. Ich wollte sie nur füttern. War sie allergisch gegen Fleisch? Ich meine, er war etwas angeschimmelt, aber so eine Katze wirft so schnell nichts um, dachte ich."

„Darum geht es nicht!"

„Ach, nicht? Nun gut, ähh … dann …"

„Jetzt schauen Sie sich mal genau hier um!"

„Ach so, ja das. Also wir haben ihr Gras aus dem Versteck da hinten geklaut."

„So, so!", sagte Herr Grottenolm und schwenkte den Schürhaken.

„Ja gut, wir haben sie damals hier auf den Stuhl gefesselt, so wie sie mich jetzt! Wir haben sie dazu gebracht, diese Bruchbude zu renovieren!"

„Du bist so süß, wenn du Angst hast.", sagte der Maskierte auf einmal mit hoher Stimme und dann entledigte sich Sara der Maske und des anderen Plunders, mit dem sie mich getäuscht hatte, bis sie völlig nackt vor mir stand und kichernd sagte: „Böser Katzenmörder, böser Drogendieb, böser Russenmafiadarsteller!" Und genau in diesem Moment kamen Jürgen und Herr Grottenolm zur Tür herein.

Seitdem wohne ich in einem Hochhaus, in dem man den Nachbarn höchstens „Hallo" sagt, aber ansonsten nicht viel mit ihnen zu tun hat, und die Waschmaschine steht in meiner Wohnung.

Der kleine Hans und der Dreck

„Nein!" Der kleine Hans steht dreckig im Hausflur und vor ihm die Mutter. „Hans!" „Nein!" „Also jetzt aber …" „Nein!" „Wirst du wohl …" „Nein! Nein! Nein! Nein, nein, nein, nein, nein …" „Doch Hans, du kommst jetzt unter die Dusche! Ich dulde keinen Widerspruch!" Und der Hans weiß, wenn die Mutter das sagt, dann gibt es ein Donnerwetter, dann gibt es eine Gardinenpredigt, die sich gewaschen hat, aber der Hans will nicht gewaschen werden!

Der Hans spürt schon, wie ihm das Wasser über den Kopf läuft und eine ganz falsche Temperatur hat und er gar keine Luft mehr bekommt und wie dann das Shampoo über seinen Kopf läuft und die Stirn und in die Augen und brennt und er seine Augen zukneifen muss und nicht weiß, ob er sie jemals wieder aufmachen kann oder ob das Shampoo ihm die Augäpfel weggeätzt hat.

Und kämmen wird man ihn auch noch und das zieht immer so und am Ende bricht noch der Kamm ab oder der Kamm bricht eben nicht ab und der Hans wird skalpiert.

Und die Mutter schaut wie ein Geier, der über einem verdurstenden Cowboy in der Wüste kreist, und sagt: „Schau dich doch an, da ist auch ein riesiger hässlicher Fleck auf deinem Hemdchen!"

Und der Hans denkt: Von wegen, der Fleck ist das Einzige, was nicht hässlich ist an diesem scheiß Matrosenkostüm, das man nicht dreckig machen darf, weil da irgendein ganz toller Name draufsteht.

Ja, immer gibt es Ärger wegen so etwas, wie das Theater, das es damals gab, nur weil der Hans mal eine Sandburg gebaut hat – in seinem Zimmer.

Und der kleine Hans wünscht sich eine Welt voller Zwerge, die ganz tief in dunklen Höhlen und Bergwerken wohnen und bei denen jemand, der sauber ist, als ganz großer Faulpelz gilt, weil er nicht nach Edelsteinen schürft.

Und der Hans schaut wie eine Henne, die auf ihren Eiern hockt und sie nicht hergibt und jedem, der sie klauen will, mit einem gezielten Schnabelhieb den Finger abhackt, und sagt:

„Nein, ich will nicht waschen!"

Ja, und wenn er mal groß ist, will er Schornsteinfeger werden und eine Schlammcatcherin heiraten.

Und Wattführer will der Hans werden, ja, so ein alter Mann mit Bart, der die Leute über's Watt an der Nordsee führt und zu den Touristen aus dem Süden sagt, wie wundervoll das ist, dass die Wattwürmer das Watt in sich aufnehmen und es dann wieder ausscheiden und diese kleinen tollen Häufchen machen, die man da überall sieht, und wie alles ein großartiger biologischer Kreislauf ist.

Ja, und einen Bart will der Hans haben, in dem ganz viele kleine Tiere wohnen, die dann seine Freunde sind, und denen bringt er dann sprechen bei und dann kann er als Bauchredner auftreten und die Leute verarschen.

Und der Hans steht vor der Mutter wie eine Horde streikender Gleisarbeiter vor einem ausbeuterischen Sklaventreiber von der Eisenbahngesellschaft.

Aber die Mutter ist ein ganz gewiefter Sklaventreiber, der so Managerseminare macht, wo man lernt, wie man alleine in der Wildnis überlebt und wie man in so einer Situation reagiert, und sagt: „Warte nur, bis dein Vater nach Hause kommt!", und der Hans erschrickt ein bisschen, nicht dass das ein Problem wäre mit dem Vater, der Hans ist dem Vater so egal wie seine Untergebenen in der Firma, aber immer wenn die Mutter so etwas sagt, dann meint sie es verdammt ernst.

Aber egal, der Hans will nicht gewaschen werden und nackt im Bad stehen und denkt sich, ja wenn man dreckig ist, ist man nie nackt, und dann überlegt er eine Kunstform daraus zu machen und noch Englisch zu lernen und der Kunstform dann einen ganz tollen Namen zu geben: Body Painting, ja, Body Painting wird er sie nennen.

Ja, der Hans will einmal ein Künstler sein, der Hans will einmal ein Schauspieler sein und das Ding aus dem Sumpf spielen in einem Horrorfilm und Autogramme geben und sich mit den Leuten fotografieren lassen und ihnen die Hand geben und die waschen ihre Hand dann auch nicht mehr, weil er, der Hans, sie geschüttelt hat.

Und dann ist er berühmt und dann kann er auch alles essen, was er will, und muss auch nie mehr aufessen.

Ja, und sein Essen wird er nicht mit Messer und Gabel essen und auch nicht mit den Händen, sondern direkt aus einem Eimer, in dem alles zu einem unkenntlichen Brei vermengt ist, ja so will der Hans essen, so dass alles immer durch die Gegend spritzt, auch auf die blöden Tapeten im Esszimmer mit den blöden Blümchen drauf.

Und der Hans schaut auf die Tapeten und denkt: Wie um alles in der Welt sollen auf so einer sauberen Fläche Blumen wachsen? Blumen wachsen nicht an Wänden, Blumen wachsen in feuchter von Ungeziefer bevölkerter Erde!

Und der Hans bleibt angewurzelt stehen wie eine von den Blumen.

Und die Mutter schaut wie eine Katze, die keine Lust hat noch lange mit ihrer Beute zu spielen, sondern sie gleich fressen will, und sagt:

„Hans, du ... wirst ... jetzt ... gewaschen!"

„Nein!", sagt der Hans und stemmt die Arme in die Hüften wie ein stolzer Farmer, der seine Farm nicht der bösen Eisenbahngesellschaft verkaufen will.

Warum ist die Mutter nur so angespannt, fragt sich der Hans, aber dann fällt ihm die Antwort ein:

Die Mutter ist ja nur aus einem Grund immer so angespannt und schlecht gelaunt: Weil sie den ganzen Tag sauber macht!

Ja, wenn der Hans mal eine Frau hat, dann muss die nicht zu Hause bleiben wie die Mutter. Die kann dann arbeiten gehen, wenn sie will, oder einkaufen, oder gummihupfspielen und der Hans bleibt dann zu Hause, nur putzen wird er nicht, aber das muss er dann ja gar nicht, weil sie ja in einem Indianerzelt wohnen.

Und der Hans versteht auch nicht, warum man immer spülen muss, und wenn es nach ihm ginge, dann würde man gar nicht spülen, sondern die Essensreste einfach im Teller antrocknen lassen, und wenn man das lange genug macht, dann kann man die Essensresteschicht aus dem Teller herausbrechen und hat noch einen zweiten Teller.

Die Mutter und der Hans stehen sich gegenüber wie zwei Cowboys beim Duell, nur dass der eine Cowboy eine Wasserpistole hat und der andere eine Panzerfaust.

Aber der Hans bleibt standhaft, der Hans will sich nicht waschen,

Ja, der Hans will dreckig sein!

Der Hans will so dreckige Wäsche haben, dass man für jede Wäsche eine neue Maschine braucht, weil die Maschine dann immer gleich kaputt geht.

Und stinken will der Hans, so stinken, dass die Luft um ihn anfängt zu flimmern und dass keiner von den großen Jungs es auch nur wagt, in seine Nähe zu kommen.

Der Hans will einmal so dreckig sein, dass man mit dem Schmalz aus seinen Ohren ganze Brotlaibe beschmieren könnte.

So dreckig will der Hans sein, dass er beim Versteckspielen immer gewinnt, weil keiner eine so gute Tarnung hat wie er.

So dreckig will der Hans sein, dass alles, was er anfasst, automatisch ihm gehört.

Er will einmal so dreckig sein, dass es sich auch lohnt, ihn zu waschen!

Und der Hans schreit: „Nein, ich will mich nicht waschen, ich will dreckig sein, weil Waschen ist blöd, und wenn man dreckig ist, dann muss man auch nicht mehr aufpassen, dass man sich dreckig macht!"

Und die Mutter ist erst ein bisschen verwirrt, weil sie dem Hans wohl so eine Logik gar nicht zugetraut hätte, aber dann fasst sie sich wieder.

„Hans, wenn du dich nicht wäschst, dann bist du ganz unhygienisch, und wenn man unhygienisch ist, dann wird man krank, und wenn man krank wird, dann muss man sterben!"

Und die Mutter sieht ihn triumphierend an und sagt: „Na, was sagst du nun?" Und der Hans ist erst ein bisschen sprachlos, aber dann denkt er, jetzt soll die Mutter mal sehen, wo all die Bildung hinführt, und er sagt mit seinem unschuldigsten Engelsgesichtchen:

„Ja, ja, aber hat denn der liebe Gott den Menschen nicht aus Lehm gemacht?"

Und die Mutter sagt gar nichts und dann sagt sie: „Hans, wenn du nicht folgst, dann müssen wir dich wieder in die Maschine stecken, und das magst du doch nicht, da wird dir doch immer so schwindlig …", und der Hans denkt, nein, das will ich wirklich nicht, schwindlig sein, das ist ja langweilig, da rauch' ich lieber nachher noch was von dem Zeug, das uns der Typ vor'm Kindergarten immer vorbeibringt.

Und dann lässt er sich waschen.

Und dann denkt er sich, während er den ganzen schönen Dreck im Abfluss verschwinden sieht, na gut, dann bin ich jetzt eben nicht mehr schmutzig, aber dafür werde ich ab heute ganz arg schmutzige Phantasien haben!

Aber das ist eine andere Geschichte und die ist nicht jugendfrei.

Ich hab' einen Traum

Ich hab' einen Traum,
einen Traum von einem Leben,
in dem ich keine Brille tragen muss außer der rosaroten.
Einen Traum von einem Leben,
in dem ich das Geld abschaffen kann, weil sowieso alles mir gehört.

Ich hab' einen Traum,
einen Traum von einem Leben,
in dem ich unglaublich sportlich und fit bin, ohne meinen inneren Schweinehund überwinden zu müssen, weil mein innerer Schweinehund eine eierlegende Wollmilchsau ist, die mich zu immer neuen Höchstleistungen anspornt.
Einen Traum von einem Leben,
in dem ich ganz viele Muskeln habe, überall, selbst an den Augenlidern, mit denen ich dann klatschen könnte, ohne die Hände zu benutzen.

Ich hab' einen Traum,
einen Traum von einem Leben,
in dem ich kochen kann, so gut kochen, dass disziplinierte Models angesichts meiner

Crème-double-Kreationen jegliche Zurückhaltung vergessen und bald davon schwärmen, was man mit Fett alles machen kann.
Einen Traum von einem Leben,
in dem ich tanzen kann, so gut tanzen, dass Michael Jackson in seinen besseren Tagen mit einem schüchternen Moonwalk die Flucht vor mir ergriffen hätte.
Einen Traum von einem Leben,
in dem ich singen kann, so gut singen, dass die heißen Steine in der Sahara weich werden und verzweifelt versuchen, den letzten Tropfen Wasser aus der trockenen Luft zu wringen, um wenigstens eine Träne vergießen zu können.
Einen Traum von einem Leben,
in dem ich so sensibel bin, dass ich Stecknadeln so gut fallen höre, dass ich ihre Position in jedem Heuhaufen der Welt auf den Mikromillimeter genau angeben kann.
Einen Traum von einem Leben,
in dem ich geduldig bin, so geduldig, dass ich mit vollstem Ernst darauf warten könnte, ob die Erde in ein paar Milliarden Jahren wirklich in die Sonne stürzen wird.

Ich hab' einen Traum,
einen Traum von einem Leben
mit einer Frau, mit der ich noch lieber streite,
als danach mit ihr Versöhnung zu feiern.
Einen Traum von einem Leben,
in dem ich Kinder habe, die mir mit leuchtenden Augen und glockenhellen Stimmen sagen: „Papa, du bist der beste Mensch auf der Welt!", und in dem ich dann sagen kann: „Stimmt gar nicht, die anderen Menschen da draußen sind alle noch viel besser als ich."
Einen Traum von einem Leben,
in dem mich meine Arbeit glücklich macht,
weil meine Arbeit darin besteht, glücklich zu werden, das ist schließlich Arbeit genug.

Ich hab' einen Traum,
einen Traum von einer Welt,
in der Baustellenlärm sich anhört wie Musik,
einer Welt, in der man deshalb Konzerte und Baustellen bequem zusammenlegen könnte,
einer Welt, in der Konzerte dann immer umsonst sind, weil sie durch den Hausbau finanziert werden, einer Welt, in der normale Musiker dann trotzdem nicht arbeitslos werden.
Einen Traum von einer Welt,
in der man keinen elektrischen Schlag bekommt, sondern einen elektrischen Kuss.

Ich hab' einen Traum,
einen Traum von einer Welt,
in der niemand in irgendwelche Schubladen gesteckt wird.
Einen Traum von einer Welt,
in der jeder Mensch sein eigenes Sternzeichen hat.
Einen Traum von einer Welt,
in der die Farbe eines Menschen keine Rolle spielt, einer Welt, in der man jeden Tag die Farbe wechselt.
Einen Traum von einer Welt,
in der es keine Waffen gibt, außer den Waffen einer Frau.
Einen Traum von einer Welt,
in der Wale, wenn sie am Strand liegen nicht sterben, sondern sich nur lässig zur Seite drehen und zu einem sagen: „Na Kleiner, machst du auch hier Urlaub?"

Ich hab' einen Traum,
einen Traum von einer Welt,
in der Milch und Honig fließen und in der es nicht eklig ist, Milch und Honig aus einem brackigen Flussbett zu trinken.
Einen Traum von einer Welt,
in der am Himmelszelt nicht graue Wolken vorbeiziehen, sondern Kinofilme laufen.

Einen Traum von einer Welt
voller Berge, die so hoch sind, dass dort ganze Städte von Yetis leben können, ohne dass Reinhold Messner sie entdeckt.
Einen Traum von einer Welt,
in der dauernd irgendwo Engel und Heilige erscheinen, weil sie auch ein bisschen an dem tollen Leben hier teilhaben wollen.
Einen Traum von einer Welt,
in der es manchmal so still ist, dass man Flöhe husten hören kann, in der Flöhe aber nie husten, weil nie jemand krank wird.

Ich hab' einen Traum,
einen Traum von einer Welt,
die immer noch das Zentrum des Universums ist und die nicht um die Sonne kreist, weil sie selber genügend Energie hat, einer Welt, die eine Scheibe ist, die jeder DJ gerne auflegen würde.

Energie sparen

Die Gas- und Strompreise werden immer höher. Diese Einsicht hielt auch in mein Leben Einzug, nachdem das Begleichen der letzten Rechnung mir nur noch möglich war, indem ich Kontakt zu einem Unternehmen aufnahm, das Fristüberschreitungen bei der Kredittilgung mit gebrochenen Fingern zu bestrafen pflegte.

Ich kam zu dem Schluss, dass es so nicht weitergehen könne: Ich musste Energie sparen. Nur wie? Die ganze Wohnung war schon mit Energiesparlampen ausgerüstet und draußen tobte der Frühlingsschneesturm des Jahres 2008. Ich beschloss zu fasten. Einfach mal ohne Energie leben. Ich ließ ein letztes Mal warmes Wasser über meine Hände laufen, surfte noch ganz kurz durch's Internet, fünf Stündchen und dann war der große Moment gekommen: Ich schaltete den Boiler im Bad aus, drehte das Gas für den Herd in der Küche ab und legte alle Sicherungen feierlich nacheinander um. Ein bisschen kam ich mir vor wie der Kapitän eines Raumschiffs, der die Selbstzerstörungssequenz einleitet.

Der erste Tag verlief relativ ereignislos. Ich duschte einfach gar nicht und aß ausnahmsweise auswärts. Am nächsten Tag wurde es dann schon etwas härter. Mühsam quälte ich mich aus meinem warmen Bett. Das Duschen war hart. Ich schrie zwei Minuten lang, in denen mein ganzes bisheriges Leben an mir vorbeizog. Ich war echt erleichtert, als ich das hinter mir hatte, nur dumm, dass ich die gleiche Prozedur nach dem Einseifen noch mal durchführen musste. Das Frühstück war ganz in Ordnung, bis auf den fehlenden Kaffee, aber den brauchte ich nach der kalten Dusche auch nicht mehr, um wach zu werden. Schon bald lief ich im Wintermantel und in Stiefeln durch die Wohnung, aber noch machte es mir Spaß, Energie zu sparen. Ich lebte asketisch und fühlte mich stark. Ein freier Mensch, nicht angewiesen auf so modernen Quatsch wie eine warme Dusche oder einen Kühlschrank. Einen Kühlschrank brauchte ich bei den Temperaturen auch nicht mehr. Ich wandelte meinen Kühlschrank kurzerhand in einen kleinen Ofen um, indem ich eine Kerze unten hinein stellte, mit der ich mir ein bisschen Teewasser lauwarm machen konnte.

Nach einigen Tagen war die Situation dann nicht mehr so angenehm. Ich konnte meinen

Atem als Dampfwolke sehen, obwohl ich in der Wohnung war, und mit der Zeit begann ich das Fehlen des Fernsehens dadurch zu kompensieren, dass ich Selbstgespräche führte:

„Energy, more Energy, Baby. Wenn dein Gesang Strom wäre, könnte man damit nicht mal 'nen zweitklassigen Vibrator betreiben, den du echt mal nötig hättest. Lassen Sie mich das noch sagen, Frau Willnerbergersen, bevor ich ihre spannungsarme Sendung verlasse ..."

Ich tröstete mich mit dem Gedanken daran, dass ich jetzt schon so viel Energie gespart hatte, dass ich mir eine ausgewählt gute Flasche Wiskey davon leisten konnte, die ich mir dann auch gleich besorgte, aber irgendwann hielt ich es nicht mehr aus. Meine Lippen waren nicht blau, sie waren schwarz. Vor Zittern konnte ich keine Tasse mehr an meine Lippen führen, ohne mir zumindest einen Zahn auszuschlagen, und an meiner Nase hing ein Eisblock aus Blut. Ich beschloss, Feuer zu machen. Ich zerlegte den Küchentisch mit einer Laubsäge, was mich schon gehörig ins Schwitzen brachte. Der Neandertaler in mir klatschte vor Freude in die Hände und schon bald loderte angefeuert mit ein paar unbezahlten Rechnungen ein schönes Feuerchen in meiner Wohnung, auf dem Steinfußboden in der Küche natürlich, so blöd war ich dann auch wieder nicht. Kurz bevor ich keine Luft mehr bekam, fiel mir ein, dass Feuer Rauch zur Folge hat, der auch irgendwo abziehen musste. Das Fenster war natürlich geschlossen, weil ich ja die Wärme in der Wohnung speichern wollte. Keuchend lehnte ich mich aus dem panisch geöffneten Fenster, wimmelte die von Nachbarn geholte Feuerwehr wieder ab und fragte mich nach einem kurzen Blick in die Küche, wie man Ruß wohl am besten entfernte, schnappte mir die Flasche Whiskey und genehmigte mir ein ordentliches Steak. So lag ich schließlich besoffen mit einem letzten Stückchen rohen Fleisches im Mundwinkel auf dem Küchenfußboden und hustete nebenbei so vor mich hin, wobei ich mir nicht sicher war, ob das vom Ruß oder einer sich anbahnenden Lungenentzündung kam.

Die Sache hatte auch ihr Gutes: Als nach einiger Zeit ein Mann vom oben erwähnten rigorosen Kreditunternehmen vorbeikam, musste ich gar nicht viel sagen, um ihn loszuwerden, er verschwand von ganz allein panikartig, als ich mit rußgeschwärztem Gesicht und in mehrere Decken und Matratzen eingewickelt krächzend und schwankend die Tür öffnete, was mich noch ein bisschen länger durchhalten ließ.

Erst als meine Nachbarn schließlich klingelten, weil sie aufgrund meines Geruchs, den ich nach längerem Verzicht auf die morgendliche kalte Dusche entwickelt hatte, glaubten, ich wäre gestorben und würde langsam in meiner Wohnung verwesen, beendete ich die Zeit der Enthaltsamkeit.

Das Ende meines Energiefastens feierte ich dann ausführlich:

Ich verbrachte den Abend bei 30 Grad schwitzend nackt vor dem Fernseher, in dem das Programm irgendeines exklusiven Pay-TV-Senders lief, während ich mir im Internet allen möglichen Krimskrams bestellte, wie zum Beispiel einen kleinen Ventilator, mit dem ich mir ein bisschen Luft machen konnte, wenn es mir in der Wohnung doch zu warm werden sollte. So verbrauchte ich prompt die Energie für ein halbes Jahr im Voraus. Das nennt man dann wohl Jojo-Effekt.

Heuschnupfen

„Massenpanik in der Tübinger Innenstadt. Ein bisher ungeklärtes Ereignis führte dazu, dass am gestrigen Nachmittag mehrere hundert Menschen aus der Innenstadt flohen. Sie hätten das Grauen gesehen, berichteten mehrere Zeugen, ohne es genauer benennen zu können. Weiteres ist bisher nicht bekannt." So stand es morgens in der Zeitung.

Am Tag zuvor saß ich gut gelaunt am Küchentisch. Vor meiner Nase die Zeitung und ein königliches Frühstück. In der Zeitung stand noch nichts von einer Massenpanik, nur lauter gute Nachrichten und ein paar schlechte, die sich aber eher amüsant ausnahmen. Mein Frühstück war eine harmonische Komposition aus Müsli, wohlriechendem Käse, noch warmem Brot, dampfendem Kaffee und erlesenen Früchten. Die perfekte Idylle.

Zwei Sekunden später war das alles Vergangenheit. Meine Zeitung hing in Fetzen in meinen zitternden Händen, mein Frühstück hatte sich über den Tisch, die Wände und den Fußboden verteilt. Kurz gesagt, es sah so aus, als hätte jemand sich rotierend in alle Richtungen gleichzeitig erbrochen.

Die Erklärung des Desasters war wesentlich unspektakulärer: Ich hatte geniest.

Ich hatte Heuschnupfen. Das heißt, ich litt nicht an normalem Schnupfen, der die laufende Schniefnase im Laufe der Zeit versiegelt, bis man das Gefühl hat, nie wieder richtig atmen zu können, was entweder den Erstickungstod zur Folge hat oder die Erkenntnis, dass es alles halb so wild ist, wenn man durch den Mund atmet.

Nein, ich litt an Heuschnupfen. Einem Schnupfen, der seinen Ausbruch über Stunden hinweg durch ein Jucken in der Nase ankündigt, das sich anfühlt, als würde ein kleiner Kitzelkobold einem mit einer in Tabasco getauchten Feder in der Nase rumpulen, aber immer dann in einem Niesen explodiert, dessen Rückstoß dem einer Panzerfaust gleicht, wenn man ihn gerade für einen Moment vergessen hat, und das dann zehn Mal hintereinander. Als wenn das nicht schon genug wäre, fangen dann auch noch die Augen so an zu jucken, dass man sich wünscht, jemanden dazu bringen zu können, sie einem auszukratzen, bis man es nicht mehr aushält und so an ihnen herumreibt, dass man zwei verquollene Fleischtennisbälle im Gesicht hat, die so aussehen, als hätte ein schusseliger Schönheitschirurg einem aus Versehen nicht die Lippen, sondern eben die Augelider aufgespritzt.

Ich wollte mich befreien von dieser Geißel der schönen Jahreszeit und begann, nachdem ich die Küche geputzt hatte, was sich durch neue Niesattacken gestört über mehrere Stunden hinzog, allerlei Medikamente auszuprobieren: Nasenspray und Augentropfen zum Beispiel, die schon bald gar nichts mehr nützten, außer alles noch schlimmer zu machen, weil auch sie nach hundertfacher Anwendung in einer Stunde die gleiche Wirkung wie der Heuschnupfen selbst hatten, oder Tabletten, die zwar nicht meine Nase und meine Augen verätzten, mich aber so müde machten, dass ich die ganze Zeit durchschlief und es mit letzter Kraft nur noch schaffte, zwischendurch aufzustehen, um eine neue Tablette zu nehmen.

Auch der Versuch, mich zu Hause einzusperren, scheiterte, als mich mein Chef daran erinnerte, dass Heimarbeit in unserer Firma nicht vorgesehen sei, da Rasenmäher sich nun mal nicht von alleine zusammenbauen.

So blieb mir nur noch eines übrig: Ich musste mein Leiden akzeptieren. Warum die Krankheit unterbinden? Gingen doch auch andere ganz offen damit um, dass sie Pickel hatten, sich nicht waschen konnten oder an einer

Geschmacksverirrung in Bezug auf ihr Äußeres litten.

Ich gab mich dem Heuschnupfen hin, kaufte mir ein Stückchen Rasen für die Wohnung, über dem ich nach Herzenslust inhalieren konnte, band mir ein Lätzchen um, auf das der Rotz aus der Nase laufen konnte, ohne dass ich dauernd in ein Taschentuch schnäuzen musste, rieb meine Augen, bis sie so geschwollen waren, dass selbst Pollen zu groß waren, um die schmalen Sehschlitze in meinem Gesicht durchdringen zu können, und begrüßte jedes Niesen mit einem freudigen „Aber hallo!", was in Kombination ein äußerst merkwürdiges Geräusch ergab.

In diesem Zustand ging ich schließlich in die Stadt, um mich ganz offen unter die Menschen zu mischen, was dann den oben erwähnten Zeitungsartikel zur Folge hatte.

So stand ich schließlich in der leeren Innenstadt allein mit einem Unerschrockenen, der nicht vor mir geflohen war und zu mir sagte: „Sei mir gegrüßt, Bruder von Alpha Centauri! Verzeih die Reaktion meiner ungebildeten Mitmenschen. Ich stehe jederzeit für Experimente zur Verfügung und freue mich schon, endlich mal eines eurer Raumschiffe von innen zu sehen!"

Ich bin müde

Hallo,
ich bin anwesend,
ich bin wach!
Ich bin wach,
so wach wie der Zeitungsausträger, an dem man sich nach durchzechter Nacht schüchtern vorbeidrängt und es gerade noch schafft, höflich „Guten Morgen" und nicht „Gute Nacht" zu sagen.
So wach wie Lehrer, die morgens um acht durch ihre Klasse hüpfen in die Hände klatschen und rufen: „Heissa, wir schreiben jetzt einen unangesagten Test!"
Und deren Schüler denken: „Man, muss der so schreien, die Alkopops machen echt üble Kopfschmerzen und außerdem bin ich noch völlig fertig vom Gangbang am Wochenende und den Killerspielen."
Ich bin so wach wie ein Minister, der in den Gameboys kleiner Vorschulkinder Atombomben finden will
oder Hinweise auf irgendwelche Schläfer,
und zu mir muss er da nicht kommen!
Nein, ich bin wach, effizient und bereit, über alles Auskunft zu geben,

auch über mich und ich muss sagen:
Ich bin müde,
ich häng in den Seilen wie ein Ringrichter, den man beim Boxkampf aus Versehen k. o. geschlagen hat.
Ich bin so müde,
dass sogar Schlaftabletten für mich ein Aufputschmittel wären,
ich bin so müde,
ich trinke keinen Kaffee, ich esse das Pulver direkt aus der Packung.
Ich bin so müde,
dass alles, was ich anhabe, automatisch aussieht wie ein Schlafanzug.
Ich bin so müde,
oft stehe ich irgendwo mit offenem Mund in der Gegend rum, bis ich mich vor meinem eigenen Spiegelbild erschrecke, das ich in der Pfütze erblicke, die der mir aus dem Mund rinnende Speichel auf dem Boden gebildet hat.
Ich bin so müde,
in den Schatten unter meinen Augen könnte der Gott der Unterwelt ein neues Schattenreich begründen,
in dem es so dunkel ist, dass „Ich sehe schwarz." dort bedeutet, dass man voller Optimismus in die Zukunft schaut.

Ich bin müde,
aber ich kann nicht schlafen,
Gedanken kreisen in mir wie ein Karussell voll besoffener Möchtegernphilosophen.
Gedanken über das, was das Morgen bringt oder was ich morgen bringen sollte.
Ich sollte mich verlieben, aber wenn ich mich mit einer netten Frau unterhalte, schaffe ich es gerade noch, den Kopf auf Höhe ihres Ausschnitts zu heben, und was ich sage, sind die auswendig gelernten Floskeln eines sprachlichen Schlafwandlers.
So kommt es vor, dass ich auf die Frage: „Und was hast du für Hobbys?" antworte: „Meine Eltern sind bei einem Autounfall ums Leben gekommen." Weil ich mir die Antworten in der falschen Reihenfolge gemerkt habe.
Selbst wenn ich Sex habe, bin ich am Ende der, der noch wach im Bett liegt und fragt: „Und an was denkst du gerade", und dann nur ein Schnarchen als Antwort bekommt und resigniert sagen muss: „Ja genau, daran denke ich gerade auch."
Mein Terminkalender heult mir was vor, von wegen dass er einen großen Bruder haben will. Und jede seiner Seiten ist schwarz von den übereinander geschriebenen Einträgen

und ich soll nicht vergessen noch den Termin meiner Beerdigung einzutragen, da wäre noch einer frei zwischen dem Termin fürs Zähneputzen und dem Termin für den täglichen Atemzug.

Die Straße scheint mir ein großes Bett, das leise flüstert: „Leg dich hin, hier schläfst du wie auf weichen Daunen, jeder Pflasterstein ist ein Kissen." Und dann fang ich eine Kissenschlacht mit ein paar Polizisten an und komme wieder nicht zum Schlafen.

Ich liege tagelang im Bett und wälze mich von einer Seite auf die andere, bis mir so schwindlig ist, dass ich den Rest der Nacht kotzend auf dem Klo verbringe.

Schäfchen zählt inzwischen mein Computer für mich, die großen Zahlen könnte ich mir gar nicht mehr merken.

Die Apothekerin ist immer ganz erleichtert, wenn ich wieder vorbeikomme, weil ich immer solche Mengen von Schlaftabletten bei ihr kaufe, dass es für den kollektiven Selbstmord einer ganzen depressiven Elefantenherde reichen würde.

Ich hab auch schon Hypnose ausprobiert,
hat sogar teilweise geklappt,
mein Therapeut hat es nach unzähligen Sitzungen tatsächlich geschafft, zumindest sich

selbst davon zu überzeugen, dass ich eingeschlafen bin.
Wenn man ihn jetzt besucht und sich auf seine leere Couch legen will, sagt er immer: „Nein! Nicht dahin! Da liegt doch schon der Herr Kienzler! Wecken Sie den bloß nicht auf!"

Ich bin so wach,
ich könnte in einem Callcenter arbeiten, wo man Leute nachts anruft und fragt: „Na, hab' ich Sie geweckt? Genau das ist das Problem! Sie brauchen den Spamfilter fürs Telefon, damit Sie nicht noch mal nachts von so einem Idioten wie mir aus dem Schlaf gerissen werden."

Ich bin so ausgebrannt
wie die Scheune, in der der Karl Müller von der freiwilligen Feuerwehr zur Prüfung einen eigens dafür gelegten Brand löschen sollte, aber leider wieder einschlief, nachdem der Anruf kam, wegen dem er schon seit zwei Tagen wartend und wachend neben dem Telefon saß.

Ich bin so verbraucht
wie das Frittenfett in der Imbissbude bei uns um die Ecke, das, nachdem der Wirtschafts-

kontrolldienst da war, nun als trauriger Klumpen in einem ehemaligen Salzstock neben ein paar Atommüllfässern mit ausgebrannten Brennstäben vor sich hingammelt.
Ich gebe schon Seminare für Manager,
in denen ich sie in die Geheimnisse des Burn-Out-Syndroms einführe,
das sie irgendwann mal haben müssen, weil ihnen sonst niemand glaubt, dass sie richtig arbeiten.

Ich bin müde, aber ich schlafe nicht ein.
Wenn ich jetzt einschliefe,
wenn ich jetzt einschliefe,
schlief ich wie ein Stein,
in der Steinzeit, als Steine noch Steine sein durften und einfach so rumliegen und nicht von irgendwelchen Spinnern durch die Gegend getragen wurden, weil sie meinten, sie müssten sich Häuser bauen, weil sie unter freiem Himmel nicht schlafen konnten.
Wenn ich jetzt einschliefe,
würde ich so lange verschlafen,
dass mein Chef Zeit hätte, mich zu entlassen und nach zwei Wochen wieder einzustellen, wenn er merkt, dass es ohne mich nicht funktioniert, ohne dass ich überhaupt etwas davon mitbekomme.

Wenn ich jetzt einschliefe,
schlief' ich durch bis zum Tag des Jüngsten Gerichts
und selbst dann würde ich nur müde blinzeln und sagen:
„Ist mir egal, wo ich hinkomme, ob in den Himmel oder die Hölle,
ich werde eh nichts davon mitkriegen."
Ich werde schlafen.
Wenn ich jetzt einschliefe ...
aber ich kann nicht schlafen,
immer kurz bevor ich einschlafe,
fällt mir irgendwas ein,
ich schlafe gerade ein,
da fällt mir ein, dass ich mich noch hinlegen muss,
ich lege mich hin und schlafe gerade ein,
da fällt mir ein, dass ich meine Sachen noch anhabe,
ich leg mich wieder hin, bin gerade am Einschlafen,
da verstehe ich auf einmal den Witz, den mir jemand vor zwei Jahren erzählt hat,
dauernd fällt mir irgendwas ein,
und warum?
Weil mich eine Sache andauernd beschäftigt und mich alles andere vergessen lässt:
Ich weiß nicht, ob mich irgendjemand braucht.

Ich hänge hier im Niemandsland zwischen dem Reich der Träume und dem täglichen Wahnsinn.
Und rede vor mich hin wie der letzte Gast in einer Kneipe, der auch dann nicht auf die Idee kommt, dass jetzt Feierabend sein könnte, wenn der Wirt schon mit einer Schlafmütze auf dem Kopf vor ihm steht und sich die Zähne putzt.
Und ich fürchte,
ich bringe alle um mich herum dazu,
einzuschlafen!
Oder seid ihr etwa noch wach?

Die Feder

Raumschiffe und Menschen haben eines gemeinsam: Wenn man den falschen Knopf drückt, kann man für nichts mehr garantieren.

Hubert Klotz war ein zufriedener Mann. Er war in der Werbebranche. Heimwerkerbedarf war sein Spezialgebiet. Schlagbohrmaschinen, die sich zu Wagners Walkürenritt durch Granitblöcke wie durch Butter bohrten, schwitzende Familienväter, die mit ihrem blanken Schädel grinsend Nägel einschlugen und dazu das alberne Lied einer Baumarktkette summten, Rasenmäherpanzer, die das niedliche Handgerät der Konkurrenz überrollten, und Presslufthammer für den eigenen Vorgarten – das war sein Metier.

Abends nach der Arbeit fuhr Hubert stets AC/DC mitbrummeld mit seinem Geländewagen zu seinem Lieblingsimbiss, aß eine Currywurst Spezial mit der extra Portion Fett und nahm sich noch ein Starkbier für zu Hause mit. Dort angekommen, schaute er sich die neueste Folge seiner Lieblingsserie an, die sich um eine Familie drehte, die samt blonder Frau, die nicht zu knapp gebaut war, einem Sohn, der mit selbstgebastelter Supersteinschleuder allerhand Streiche spielte, und einem sabbernden Bernhardiner, genau das darstellte, was Hubert für seine eigene Zukunft vorschwebte, der er einsam, manchmal nachts in sein Kissen schluchzend entgegensah.

Eines Tages bekam Hubert einen neuen Auftrag, der, aus welchen abwegigen Gründen auch immer, ausgerechnet von ihm, dem Meister der Hammerschlagverfilmung, verlangte, einen Spot für ein Waschmittel zu drehen, in dem unbedingt eine Feder vorkommen sollte. Auch nach mehreren entgeisterten Nachfragen bei seinen Vorgesetzten änderte sich an der Situation nichts.

Hubert war verzweifelt. Er wusste nicht, was er tun sollte. Er hatte die originellste Heimwerkerwerbung gemacht, die man sich vorstellen konnte, und nun das. Eine Feder! Nach vielen durchwachten Nächten, in denen er verzweifelt versucht hatte, Waschmittel imposant aussehen zu lassen, einen Eisbär aus Federn entstehen zu lassen, der den Schmutz zähnefletschend aus den Hemden biss, gab Hubert auf.

Der Tag der Präsentation war gekommen. Hubert saß seiner Entlassung entgegenbibbernd auf seinem Stuhl, während seine Vorgesetzten sein Werk betrachteten. Man sah eine einzige Feder durchs Bild schweben. Dazu kam aus dem Off der Satz: Flausch – leicht wie eine Feder.

Hubert starrte in die entgeisterten Gesichter seiner Vorgesetzten. Hubert sah alles, was er sich in langen Jahren mühsam erarbeitet hatte, in einem einzigen Moment zusammenbrechen. Er flehte zu höheren Mächten und schwor, alles auf sich zu nehmen, wenn jetzt ein Wunder geschehe. Nach einiger Zeit hatten seine Vorgesetzten ihre Sprache wiedergefunden: „Genial! So schlicht! Wie sind Sie da nur drauf gekommen?"

Huberts Werbespot wurde der Knüller. Das Waschmittel verkaufte sich wie blöd, wurde zu einem Kultobjekt, das sich trendbewusste Menschen einfach so zur Zierde in ihr Zimmer stellten. Huberts Spot bekam etliche Preise und er wurde über Nacht zum neuen Waschmittelexperten. Er verdiente viel Geld, erntete Respekt von allen Seiten, fand sein privates Glück und gründete eine Familie. Er musste auf diesem Weg so manchen Kompromiss eingehen, aber er fügte sich seinem Schicksal, immer seinen Schwur im Hinterkopf, der nun für immer mit dem Zeichen der Feder verbunden war.

Einige Jahre später stand Hubert mit seiner Tochter an der Hand in der Bettenabteilung eines großen Möbelmarktes. Seine Frau war eine Abteilung weiter gehetzt, weil sie unbedingt noch Sojasprossen holen wollte, die es hier ausnahmsweise im Sonderangebot gab.

Sojasprossen, schon das Wort allein ließ Hubert fast über die Kinderbettwäsche kotzen, aber sie mussten so was essen, weil seine Frau unbedingt ihre Linie halten musste, die laut Hubert verdammt nahe an einen krakeligen Strich herankam, und nur sein Schwur hielt ihn davon ab, diesen Gedanken laut zu äußern.

Seine Tochter zog ihn zu dem Bett, das sie unbedingt haben wollte, weil auf der Bettwäsche Katzen zu sehen waren, die ihrer eigenen Katze fast bis aufs Haar glichen. Hubert fragte sich, ob ein Bernhardiner wohl in der Lage sei, eine Katze zu zerfleischen, als eine Verkäuferin vor den beiden auftauchte. „Ach, Sie interessieren sich für das Katzenbettchen mit extraflauschiger Federwäsche, das Gesamtpaket. Ein wunderschönes Bett für ihre Kleine." In Gedanken tränkte Hubert die Bettwäsche mit einem Kanister besten Motoröls, um sie dann mit dem Original Dr. Eisenbeißer-Flammenwerfer für den Hausgebrauch in Flammen zu setzen. „Es ist wirklich ein wunderbares Bett.

Die Bettwäsche lässt sich wunderbar mit jedem herkömmlichen Waschmittel reinigen, Flausch zum Beispiel. Ach, schauen Sie mal, hier liegt sogar eine Feder ...", fuhr die Verkäuferin fort. Weiter kam sie nicht.

Claudia, Huberts Frau, staunte nicht schlecht, als ihre kleine Tochter ihr schreiend aus der Bettenabteilung entgegenlief, als sie gerade mit einem Glas Sojasprossen in der Hand wiederkam. „Papa hat ein Kissen gegessen!" Claudia stolperte in die Bettenabteilung. Ihr Mann stand auf einem Bettgestell, Federn im Mund und war gerade dabei die Daunendecke Federleicht mit bloßen Händen zu zerreißen. „Da habt ihr eure Scheißfedern!" Hubert schnappte sich die Katzendecke und schrie: „Ja, Katzen sind hier auf dieser Decke, aber sie riecht gar nicht nach Katzen! Das werde ich jetzt ändern", und er begann mit aller Kraft auf die Decke zu urinieren. „Ich hol mir jetzt eine Kettensäge und dann werden hier mal so richtig die Betten gemacht!"

Claudia blickte ihrem von mehreren Polizisten und Sicherheitsleuten in Schach gehaltenen Mann hinterher, als man ihn in einen Kastenwagen schleppte, den er mit den Worten: „Ah, endlich mal wieder ein richtiges Auto" freudig begrüßte, sah auf ihre kleine

Tochter hinunter, wischte sich die schwarzen Strähnen aus der Stirn und meinte: „Ich wusste schon immer, dass dieser Typ zu weich für mich ist. Ich hätte einen richtigen Mann heiraten sollen, der auch mal ein Werkzeug in die Hand nimmt, und nicht diesen Waschmittelkönig."

Danke für den Add

Willst du mein Freund sein? So was fragen inzwischen nicht mehr nur Kuscheltiere in der Werbung, sondern auch ganz normale erwachsene Menschen auf allen möglichen Webseiten wie Facebook, StudiVZ und MySpace.

Unglaublich, wie wir uns an diesen Netzwerken erfreuen. Wir legen Profile an wie die Weltmeister. Wenn uns das Einwohnermeldeamt ein Formular mit denselben Fragen schicken würde, wie wir sie dort beantworten, würden wir das wochenlang vor uns herschieben und uns aufregen, was diese Nazis da von uns wollen. Hier machen wir es freiwillig.

Auch ich tauchte nach einer langen Zeit der Skepsis ein in diese Parallelwelt. Nach kurzer Zeit war ich nicht nur Mitglied bei StudiVZ, MySpace und Facebook, sondern auch noch bei MyWurstfachverkäuferin, wo ich mich gleich in die Salami-Gruppe eintrug. Ich wusste nun, wer sonst noch so Salami isst. Seitdem ging alles viel besser. Ich kaufte nicht mehr einfach nur Salami und aß sie, nein, ich hatte richtig was zu erzählen, ich loggte mich ein und schrieb ins Gruppenforum: Heute wieder Salami gegessen, war echt gut, mal wieder. Da ich vergessen hatte, einzustellen, dass ich keine E-Mail bekommen will, wenn jemand einen neuen Beitrag in der Gruppe schreibt, bekam ich zunächst am Tag hundert E-Mails mit Hinweisen auf Einträge, die alle darüber informierten, wer gerade wieder eine Scheibe Salami gegessen hatte.

Am Anfang gab es auch einige Missverständnisse. Ich hielt mich zunächst auch für den analogen Freund manch digitalen Freundes und schrieb an zehn Mitglieder der Salami-Gruppe, ob sie mir nicht beim Umziehen helfen könnten. Niemand kam, manche beendeten gar die Freundschaft und nur ein Ehrlicher schrieb mir: „Hey, hier geht es nicht um Umzüge, nur um Salami!" Das verwirrte mich etwas. Bei der freiwilligen Feuerwehr unseres Ortes war es früher um alles gegangen, nur nicht um Brandschutz.

Bei den anderen Portalen lief es leider nicht so gut. Schon bald merkte ich, dass mein langweiliges Profil zum Herstellen vieler Kontakte nicht ausreichte. Ich hatte nur ein paar hundert Freunde und das waren deutlich zu wenig. Ein echter Freund, den ich an ein Online-Rollenspiel verloren hatte, brachte mich auf eine Idee: Wie in World of Warcraft schuf ich mir einen neuen Charakter, nein, gleich drei davon, und stattete sie mit allem aus, was ich an meinem eigenen blassen Charakter vermisste. Ich lud ein Bild von einem Delphin oder wahlweise von einer süßen Schildkröte hoch, ließ mich Klavier spielen und Motocross fahren. Im einen Profil war ich Zirkusdirektor, im anderen Regisseur, was mir zumindest sehr, sehr viele interessante Angebote von Leuten einbrachte, die gerne zum Film wollten, und in mein letztes Profil schrieb ich einfach, meine Tätigkeit sei geheim. Das Letzte wurde prompt zum größten Freundesmagneten.

So vermied ich auch, von allerlei Neugierigen ausgespäht zu werden. Ich offenbarte nichts, was irgendwer gegen mich hätte verwenden können. Wer mich auch ausspähte, er würde nichts finden außer mir, und mich würde man wohl als Letzten für den Urheber dieser Profile halten. Virtuelle Räume konnte man eben nicht abhören.

Schon bald war ich ein umschwärmter Star. Ich potenzierte meine Freundschaften jeden Tag aufs Neue und wurde zu einer Art Berühmtheit. Mein wirkliches Leben wurde durch mangelnde Benutzung noch trostloser, als es vorher schon war, und gab mir so noch mehr Gründe, alles Soziale ins Netz zu verlegen. Bald lud man mich in Talk-Shows ein, was ich leider ablehnen musste, da ich hier meine wahre, wenig aufregende Identität offenbart hätte. Das steigerte das Interesse an mir nur noch weiter. Ich konnte Werbeverträge abschließen, wies auf meinen Seiten auf interessante Produkte hin, ließ das Geld dafür auf ein Treuhandkonto bei einer halblegalen Organisation, also einer normalen Bank, überweisen und musste mich bald nicht mal mehr zur Arbeit aus dem Haus begeben.

Es hätte unendlich so weitergehen können, hätte ich nicht eines Tages den Fehler gemacht, einzukaufen. So kam ich vollbepackt mit meinen Tüten die Treppe hinauf und traf auf meinen Nachbarn, einen ausgesprochen griesgrämigen Menschen, der alle anderen Menschen hasste und mich ganz besonders. Er hatte den Krieg knapp verpasst und litt daran. „Ich habe sie durchschaut!", blaffte er mir entgegen.

„Was?" „Sie stecken hinter Dr. Feuerblume, dem neuen Star des World Wide Web!" „Was? Woher?" „Halten Sie mich für blöd? Was glauben Sie? Dass ich nicht surfe? Man muss immer auf dem Stand der Technik bleiben" „Ja, aber woher wissen Sie …?" „Ach so, auf einem meiner üblichen Kontrollgänge durch Ihre Wohnung fiel mir auf, dass Ihr Rechner noch an war." „Kontrollgänge?" „Man muss seine Feinde kennen, verstehen Sie?"

So ging es noch ein Weilchen weiter und er zeigte mir sogar ein paar seiner Wanzen und Kameras in meiner Wohnung. Er erpresste mich mit seinem Wissen und meinte, wenn ich die nächsten zwei Jahre die Kehrwoche machen und ihm die Hornhaut von den Füßen kratzen würde, wäre alles vergessen. Das konnte ich nicht und so gab ich meine lieb gewonnenen Identitäten schweren Herzens wieder auf.

Was übrig blieb, war mein richtiges Leben, und das war schwarz und leer. Ich siechte dahin und saß wimmernd in meinem aufgrund des mangelnden Geldes unbeheizten Zimmer, bis mein Nachbar doch ein wenig Mitleid bekam und mir einen Link schickte:

www.portal-für-misanthropen.de

Ich gab die Adresse ein und entdeckte eine neue Welt: das Portal für Misanthropen. Mein Nachbar war schon lange begeistertes Mitglied und auch ich erlag bald diesem Netzwerk, das viel ehrlicher daherkam als alle anderen und einem nichts vorspielte, sondern die Menschen zeigte, wie sie waren: ein Haufen gehässiger

Versager. Hatte man sich einmal mit dieser Realität abgefunden, war alles nur noch halb so wild. Nein. Es war toll.

Das Portal für Misanthropen hatte zunächst einmal gar kein normales Anmeldeformular. Man gab einfach seinen Namen ein, den Rest erledigten Leute, die einen nicht mochten und mit Freuden das völlig offen zugängliche Profil bearbeiteten. Man trat keinen Gruppen bei, sondern wurde automatisch den „Weicheiern" oder den „Seelenlosen Fleischbergen" zugeordnet.

Schon bald standen auch auf meiner Seite so schöne Dinge wie:

„Hallo, jemand zu Hause? Gesicht auf Standby geschaltet?"

„Beziehungsunfähige Inselbegabung im Langweiligsein."

„Verdient keinen Hass. Nur Mitleid."

„Flüchtet sich in die nächste Mülltonne, sobald das Wort ‚Verantwortung' nur geflüstert wird, und versteckt sich unter einer Schicht schimmliger Ausflüchte, von denen die Beste noch lautete: ‚Ich war schon als Kind sehr überfordert', wobei er dem Einwand: ‚Das geht allen Kindern so' mit einem schlichten: ‚Ich bin eben Kind geblieben' entgegentrat."

Die wichtigste Kategorie auf anderen Portalen waren die Freunde. Auf dem Portal für Misanthropen waren es die Feinde. Eifrig sammelte man sie hier, um seinem Ruf als echter Menschenfeind gerecht werden zu können.

Das Schöne an der Sache war, dass sich nun Menschen auch auf der Arbeit ganz ehrlich mit „Guten Morgen, Arschloch" begrüßen konnten. Je mehr dem Forum beitraten, desto entspannter wurden alle. Endlich konnte man den ganzen Stress irgendwo loswerden.

Bald ging es auch in meinem Leben wieder steil aufwärts und ich fand eher unfreiwillig die Gelegenheit, mich bei meinem Nachbarn zu rächen. Ich traf ihn eines Tages wieder im Treppenhaus und sagte etwas, das ihn als echten Menschenfeind noch lange quälte: „Wissen Sie was? Ich möchte Ihnen danken! Ich glaube der Hinweis auf das Portal war der Beginn einer wunderbaren Freundschaft!"

DVD-Making-ofs

Ich schaue mir sehr oft Filme auf DVD an. DVDs bieten Filmverrückten wie mir inzwischen immer tolle Specials an. Leider halten die sogenannten „Extended Editions" aber selten, was sie versprechen. Abgesehen von „Deleted Scenes", also Szenen, die im Film nicht vorkamen und die sich meistens als tatsächlich überflüssig erweisen und den Eindruck erwecken, als hätte man einfach den Müll aus dem Schneideraum wiederverwertet, findet sich dort meistens ein Making of: eine Aneinanderreihung von Interviews mit Regisseur und Hauptdarstellern, die von ein paar Szenen am Set unterbrochen werden, in denen man die original Filmszene einfach mit den ganzen Kameras drumherum sieht.

Die Interviews hören sich dann so an:

Regisseur: „Ich wollte schon immer einen Comic verfilmen, den keine Sau kennt. Schon bevor ich lesen konnte, habe ich die Abenteuer des ‚Oberschleimigen Schleimmonsters' verschlungen. Mein ganzes Leben lang habe ich mich gefragt, wie bringt man diesen Stoff auf die Leinwand? Ich bewunderte, dass man auch ohne sinnvolle Handlung und nur mittels plattester Dialoge eine Geschichte erzählen konnte. Toll, dass wir dann Timmy für die Special Effects gewinnen konnten. Er hat einen wirklich guten Job gemacht. Jetzt sieht unser Schleimmonster wirklich wie ein echtes Schleimmonster aus, wie aus der freien Natur."

Hauptdarsteller: „Jahrelang probte ich heimlich ein Schleimmonster zu spielen und fragte mich, wo ich das endlich mal einsetzen könnte, ja, und dann hat George mich angerufen. Das Monster ist so ein zerrissener Charakter. Er will nicht wirklich alle fressen. Er zögert innerlich, was ihn äußerlich nur noch entschlossener wirken lässt. Ich glaube, wir haben es geschafft, dass es wirklich so aussieht, als würde er einfach dauernd alle auffressen, verrückt, oder?"

Hauptdarstellerin: „Viele fragen mich ja, ob es nicht blöd sei, dass ich schon im ersten Drittel des Films gefressen werde, aber ich finde, gerade das verleiht meiner Rolle eine ganz andere Dimension. Ihre Liebe zum Schleimmonster bleibt eben dadurch völlig rein erhalten, dass sie beim ersten Date überraschend gefressen wird."

So geht es dann ewig weiter. Alle finden den Film wahnsinnig toll, halten ihn für das größte Kunstwerk seit Casablanca und Resident Evil II, lieben sich alle und man findet den eigentlichen Film nur noch halb so gut wie vorher, weil ihn die Mitwirkenden anscheinend selbst nicht verstanden haben.

Ich würde gerne mal ein anderes Making-of sehen:

Erstes Interview: Der Regisseur: „Ja. Universal hat mich angerufen, ob ich den Film über dieses Schleimmonster drehen will. Ich hab' natürlich sofort aufgelegt, weil ich dachte, da will mich einer verarschen, aber sie haben nicht locker gelassen. Ich habe natürlich weiter abgelehnt, aber als sie mir gesagt haben, was sie mir zahlen wollen, hatte ich kein Problem mehr damit. Ich hab' dann einfach jemand für die Special Effects geholt, der diese neue dig... di... äh... digitale Technik beherrscht. Ich hatte auch kein Problem mit Tom als Hauptdarsteller, die Rolle könnte auch eine fitgespritzte Litfaßsäule spielen."

Dazwischen sieht man ein paar Bilder vom Set: Der Kameramann erklärt dem Regisseur, dass die Kamera nicht im Bild steht, wenn man durch sie filmt. Die Crew spielt Flaschendrehen und zwingt den Koch dazu, sich auszuziehen, was die in einer weiteren Szene dokumentierte Fischvergiftung der gesamten Crew zur Folge hat. Zwischendurch taucht ein Schleimmonster auf, das alle für den neckischen Hauptdarsteller halten, bis es die halbe Truppe auffrisst.

Das zweite Interview: der Hauptdarsteller: „Ich war echt dankbar für die Rolle. Ich mache ja sonst gerade nur noch das Vorprogramm bei Supermarkteröffnungen. Ich hätte auch eine Litfaßsäule gespielt, wenn sie es von mir verlangt hätten. Ich musste nicht mal einen Entzug für die Rolle machen. Es kommt fast noch besser, wenn ich völlig dicht durch die Gegend torkele, und in dem Kostüm sieht man sowieso nichts von mir."

Drittes Interview: Hauptdarstellerin: „Ja klar, Interview! Verarschen kann ich mich selber!"

Und trotz all dem sieht man am Ende des Making-ofs eine Szene vom Set, mit versteckter Kamera gedreht. Alle wollen hinschmeißen, die ersten Kameras werden abgebaut, der Regisseur erwacht aus seiner zynischen Lethargie und schreit: „Ja, verdammt, ich weiß, es ist ein Kommerzstreifen über ein Schleimmonster, aber wir sind Künstler, verdammt! Wir sind es unserem Beruf schuldig, auch aus dieser Scheißidee noch etwas zu machen!" Er bricht in Tränen aus. Der Hauptdarsteller wankt ins Bild und lallt: „George hat Recht! Wir sind der letzte Vorposten der … Kultur! … Jetzt sind wir alle Schleimmonster! …Wer sieht das auch so?" Einer nach dem anderen, vom Kabelträger bis zum Kameramann, schließt sich der Runde an, die nun alle ihre Hände übereinander legen, bis der Turm aus Händen einfach zu hoch ist. Der Regisseur sieht den Hauptdarsteller an, der immer noch sein Schleimmonsterkostüm trägt, und sagt: „Ich glaube, das ist der Beginn einer wunderbaren Freundschaft." Der Hauptdarsteller erbricht sich vor Rührung in dessen Hemdkragen. Schluss.

Subway

Manchmal zieht es auch mich ins Freie. Ja, manchmal, wenn selbst ich der heimischen Küche nichts mehr abgewinnen kann, weil sich in den mit mehreren Krustenschichten verklebten Töpfen einfach kein neues Essen mehr erhitzen lässt, dann treibt mich der Hunger hinaus in die Wildnis der Zivilisation und ich suche den nächsten Imbiss auf.

Nun kann man natürlich nicht immer zum gleichen Imbiss gehen, das wäre ja langweilig und Langeweile gibt es im Leben des Imbissessers ja genug. Man geht vielleicht doch zu oft zum gleichen Imbiss, wenn man dort nur „Hööwww" sagen muss und der Typ am Grill einem kommentarlos eine Curry Spezial, Pommes und eine Cola hinstellt. Ich musste den Wechsel wagen, ein Abenteuer. Es war auch an der Zeit. Wenn mir jemand sagte: „Man, du bist aber grün im Gesicht", freute ich mich, weil ich wenigstens irgendeine Gesichtsfarbe hatte.

Ich ging zu Subway, dem Diktat der Werbung folgend, die ich mir immer ansah, um mir die Zeit zwischen den Mahlzeiten zu vertreiben. In freudiger Erwartung betrat ich den

Laden. Überall war geschnittenes frisches Gemüse zu sehen, nicht in echt natürlich, sondern als Bild an der Wand. Mehr hätte ich auch nicht verkraftet. Ich studierte die Karte und entschied mich schnell für ein Sandwich, das ich haben wollte.

Ich war richtig glücklich, bis es ans Bestellen ging.

„Bestellen" trifft es nicht so ganz. Es ist eher wie auf dem Exerzierplatz. „Brot?" „Sir, Parmesan-Oregano, Sir!" „Belag!" „Schinken!" „Was?" „Sir, äh, Sir, Entschuldigung!" „Was?" „Äh, nicht Schinken, Ham, Sir, Ham!"

Beim ersten Mal hatte ich davon noch keine Ahnung: Ich sagte einfach: „Ja, ich hätte auch gerne so 'n Sandwich!" Der Typ hinterm Tresen schaute mich an wie die Leute den Typen im Theater neulich, der an der Stelle, an der absolute betroffene Stille über den Tod des kleinen Kindes herrschte, laut rülpste. „Oh Mann, diese Anfänger!", zischte es aus der Schlange hinter mir. Ich dachte einen Moment an den Sportunterricht in der 10. Klasse, als unser Lehrer vor versammelter Mannschaft zu mir sagte: „Harald, es ist nicht wirklich überzeugend, dass du nicht am Sportunterricht teilnehmen kannst, weil du deine Tage hast."

Ich war so überfordert von dem Bestellmarathon, dass ich schließlich auf die Frage: „Mit allem?" nur stammelte: „Äh, ja, nur das Gemüse bitte, die Theke will ich nicht."

Das fand der Typ hinter der Theke gar nicht lustig: „Welche Soße?", schnarrte er und riet mir dann auf die Frage: „Was können Sie mir denn empfehlen?" „Ganz schnell aus meinem Laden verschwinden!"

Nach dieser Niederlage verfolgte mich Subway bis in meine Träume: Ein Verhungernder kommt in den Subway, er röchelt: „Brot!" „Welches Brot?", fragt man ihn. „Brot!", flüstert er. „Nein, nein, Sie müssen sich schon entscheiden!" Der Verhungernde stirbt und taucht kurze Zeit später als Geist wieder auf. Ein Teufel steht neben ihm und sagt: „So, hier kannst du bleiben. Ja, auch wir mussten im Laufe der Globalisierung Teile der Hölle outsourcen, aber du hast es ja noch gut erwischt im Vergleich zu den gefallenen Seelen, die bei der Deutschen Bahn arbeiten müssen."

Nach ein paar Wochen intensiven Trainings war ich dann aber nicht mehr zu schlagen. Ich ratterte es nur so herunter: „Parmesan-Oregano, Ham, klassisch, mit allem ohne Jalapenos und Honey-Mustard-Soße!" Der netten

Dame hinter 'm Tresen blieb nichts mehr, als mich mit offenem Mund anzuschauen und zu sagen: „Junger Mann, ich weiß nicht genau, was Sie suchen, aber die Kochbücher finden Sie da hinten. Ich stehe Ihnen gerne zur Verfügung, wenn Sie weitere Fragen haben zur Benutzung unserer Bibliothek."

Inzwischen hatten sich allerhand Zwänge in mein Leben eingeschlichen: Ich konnte nicht mal mehr Zähne putzen, ohne mich von meinem Spiegelbild über die Art der Zahnbürste usw. ausfragen zu lassen. Als ich schließlich sogar meine imaginäre Freundin mit einem 50-seitigen Fragebogen zum Ablauf unseres Liebesspiels verschreckte, wusste ich: So konnte es nicht weitergehen.

Mir blieb nur noch eines übrig: Ich therapierte mich selbst. Ich trat meinen letzten Gang vor die Glastheke an.

„Ein Sandwich." „Welches Brot?" Auf diese Frage hatte ich gewartet und konterte gnadenlos: „Ja ja, nur ohne Jalapenos und Zwiebeln, sonst alles." Der Typ hinterm Tresen runzelte die Stirn. „Nein, welches Brot?" „Honey Mustard!" Jetzt begann er langsam zu zittern. „Ja schön, aber das Brot?" „Zum Hieressen." Das war zu viel. Meine Antwort passte zwar nicht in sein Schema, machte aber dennoch Sinn.

Der Typ hinterm Tresen war völlig überfordert. An seinen SOS morsenden Augenlidern konnte ich sehen, wie sich das Programm, das man ihm im untersten Fortbildungsstuhlkreis der Subway-Hölle eingetrichtert hatte, selbst aufhängte und alles noch schlimmer machte, weil es sich fragte, welches Seil man zum Aufhängen nehmen sollte.

Kurz vor dem Crash drückte er mir ein Sandwich in die Hand: „Hier, nehmen Sie das und verschwinden Sie! Und erzählen Sie keinem, was ich gerade hier gemacht habe!"

So befreite ich mich und stellte fest, dass das angewandte Prinzip der höheren Planlosigkeit auch in anderen Bereichen des Lebens großartige Verdienste bringt.

Nach einiger Zeit ging ich wieder zum normalen Imbiss. Nun bestellte ich auch dort laut und deutlich. Musste ich auch. Im Vergleich zu dem Imbiss-Kram war der Fraß bei Subway tatsächlich so gesund gewesen, dass mich dort keiner mehr wiedererkannte.

Gedenktafel für drei Doppelagenten Oder: Wie man wirksam das Handtuch wirft

Werte Mitglieder der Familie,
dies sind die Aufzeichnungen der Überwachung
unserer informellen Mitarbeiter
in der südlichen Filiale, der von uns freundlich übernommenen
Supermarktkette „Bestseller".

Ich beginne meinen Bericht:
am Anfang,
als dort noch gänzlich ungeordnete Zustände herrschten,
das Austreten noch keiner Kontrolle unterlag
und in sogenannten Raucherpausen
wild gequalmt,
ja sogar gesprochen wurde.

Damals herrschte hier noch das Regiment
von Rosamunde Pilcher,
seit 30 Jahren in unseren Diensten,
die den Laden allein durch ihr kreissägenähnliches Organ am Laufen hielt –

und durch zwei Brillengläser mit dem Dioptrienwert − 8,0
alles gut im Auge zu haben schien,
bis sich herausstellte,
dass sie selbst es war,
die beschloss,
den Arbeitern an der Warenannahme zu erlauben
beim Paletten-Abladen alle zwei Tage eine halbe Pause zu machen.

Wir versuchten ihr zweifelhaftes Regiment zu unterwandern
durch die Eingliederung
der Praktikantenassistentin
Ingeborg Bachmann,
vormals Nummerngirl in Klagenfurt,
im Weiteren IM Hals genannt,
Alter: 23,
Schrittlänge: 10 cm,
die uns in Aussicht auf eine Option zur lockeren Festanstellung,
die nach zehn Jahren in einem Ausbildungsplatz münden sollte,
mehr als motiviert schien,
was uns auch ihr Bemühen anzeigte,
die täglichen Atemzüge ihrer Kollegen
von maßlosen 74 000 auf akzeptable 20

zu reduzieren,
bis auch sie dem Müßiggang verfiel
und Wasser aus dem Geschäftshahn trank.

Ein vorübergehender Versuch,
den Wohnungslosen François Villon
einzusetzen,
einen ehemaligen Gelegenheitsjahrmarktsersatzboxer,
Durchschnittspromillewert: 2,5,
im Weiteren IM Maul genannt,
scheiterte.
Wir ließen ihn einen Spontanbesuch abstatten,
bei dem er den eigenen kurz bevorstehenden Hungertod simulierte
und mit zartem Fistelstimmchen nach Essen bat,
was die Mitarbeiter dazu bringen sollte,
ihr völlig unangebrachtes Mitleid abzubauen.
Der Beauftragte jedoch zog es vor,
in der allgemeinen Verwirrung um seine Person
größere Mengen Schnaps zu entwenden,
was seine ganze Mission unglaubwürdig machte.

Der Auftritt des Pennälers Klaus Kinski,
der sich mit angeklebtem Bart
als WKD-Beamter ausgab,
und vor gespielter Wut schäumend drohte,
den Markt zu schließen,
da man kein Kruzifix darin aufgehängt hatte,
hatte mit uns nichts zu tun.

Auch Heiner Müller, ein Soziologiestudent im 43. Semester,
der einige Wettschulden bei uns hatte,
IM Kauf,
der uns sehr beeindruckte,
als er durchsetzte,
dass man die Beschäftigten nicht nach Stunden,
sondern nach der Anzahl des Auftretens vor Freude weinender Kunden bezahlen sollte,
offenbarte die Janusköpfigkeit seines Charakters,
als er begann, von der Einführung eines Betriebsrates
zu halluzinieren.

Kurz gesagt:
Die drei genannten informellen Mitarbeiter gingen stehend k. o.

Als liebenswürdige „Originale" verehrt,
drehten sie fortan regelmäßig ihre Runden
am Ort ihrer größten Niederlage.
Opfer der Menschlichkeit.

Der Fehler der Menschlichkeit war es auch,
der diese Mission zu ihrem vorschnellen Ende
brachte.
Der Überwacher selbst
gewahrte schließlich,
dass auch er nicht vollkommen war,
als er dem Rinnsal zusah,
das sich zu seinen Füßen
ausbreitete,
da er die Größe des Eimers,
den er zum Verrichten der Notdurft verwenden
musste,
falsch berechnet hatte
und schließlich den neugierig Zusammenlaufenden
sein Versteck
hinter dem Regal mit den sauren Kutteln
offenbarte.
Grundlose Empörung
entlud sich auf ihn
und ausgerechnet
jene drei vermeintlich Verbündeten,
die drei genannten informellen Mitarbeiter

Hals,
Maul
und
Kauf
waren es,
die sich schließlich ihres Vorgesetzten,
des Verfassers dieses Protokolls,
bemächtigten
und ihn zwangen,
auf einen dem Firmeneigentum entwendeten Gartenstuhl gefesselt
stundenlang immerzu die gleiche Episode der Serie „Big Brother" anzuschauen,
bis aus ihm wurde,
was er heute ist:
ein Mensch.

Wie das absurde Theater mein Leben veränderte

Kaum einer erinnert sich gerne an die Schulzeit, so will es zumindest ein altes Klischee. Mancher kann sich auch nicht mehr erinnern, weil er nur so selten da war oder weil er ständig so bekifft in der Bank saß, dass er einfach nicht viel mitbekam. Ich erinnere mich tatsächlich an vieles nicht oder nicht gerne, schon allein deshalb, weil ich es als ein Vieldenkender weder mit meinen Lehrern noch mit meinen Mitschülern leicht hatte. Meine treuesten Weggefährten waren Bücher, die die Gesellschaft und ihre Zwänge genauso gnadenlos kritisierten, wie sie intellektuelle Figuren, wie mich selbst, stets ein dem Selbstmord geweihtes einsames Leben führen ließen, und so glaubte ich auch, weder in der Schule noch im Leben etwas Nützliches für meine düstere Zukunft lernen zu können.

Kurz vor knapp machte ich die Bekanntschaft eines Menschen, der es vermochte, mein Leben durch seinen Einfluss doch noch in andere Bahnen zu lenken: Jean-Luc.

Jean-Luc war mein Französischlehrer in der Oberstufe. Als er in mein Leben trat, tat sich im tristen Schulalltag des kleinen, naturwissenschaftlichen Gymnasiums in Stuttgart, dessen französische Abteilung ich besuchte, eine bunt schimmernde Insel auf, die jeden Aufenthalt dort zu kurz erscheinen ließ. Es handelte sich bei Jean-Luc nicht um einen jener Lehrer, die einem pausenlos vorbeten wie unglaublich rein und klassisch Balzac, Hugo und Zola doch seien, und dass man durch das Lesen von Zeitungen sowieso am meisten lerne. Nein, Jean-Luc, den wir bald schon im Geheimen duzten, war anders.

Anstatt den Raum schreiend zu betreten, von wegen wir sollten sofort ruhig sein, weil wir unglaublich viel machen müssten, und den Unterricht dann mit den obligatorischen Fragen zu beginnen: „Was hatten wir denn das letzte Mal? Was machen wir denn heute? Welche Klasse seid ihr noch mal?", betrat er das Klassenzimmer zum Beispiel schweigend mit einer Sonnenbrille und im Trenchcoat und sagte erst einmal gar nichts, drückte einem Schüler ein Buch in die Hand, und bedeutete ihm stumm vorzulesen, woraufhin dieser auf französisch vorlas: „Alles begann damit, dass ein Mann im Trenchcoat und mit einer Sonnenbrille auf der Nase den Raum betrat." So begannen wir die Lektüre eines Romans und schon jetzt wird deutlich: Jean-Luc liebte das absurde Theater. So geriet bald manche Schulstunde zu einer kleinen Darbietung seiner Künste, da er absurdes Theater nicht nur liebte, sondern auch selbst nur allzu gern spielte, und damit meine ich nicht das, was mancher Pädagoge unter normalem Unterricht verstand, sondern echte, ernst gemeinte Kunst. So begann alles mit einem Stück von Ionesco, an dessen Handlung ich mich zwar kaum noch erinnere, was aber angesichts der großartigen Show meines Lehrers auch nebensächlich war. Er entführte uns während seiner Stunden in eine Welt, die der kleinbürgerlichen Familie, die eisig lächelnd so manchen von uns zur Verschwiegenheit gemahnend in ihren vermeintlich warmen Klauen hielt, in heiterem Spiel die förmliche Maske vom Gesicht riss.

Jean-Luc durchbrach den Mief, der über unseren Stundenplänen lag und zeigte uns, dass sich mit Literatur zu beschäftigen mehr bedeuten konnte, als festzustellen, dass ein Autor uns zum wiederholten Male in verschlüsselten Formeln beibringen wollte, wie man ein besserer, demokratischerer, moralischerer, anständigerer und langweiligerer Mensch wurde.

Jean-Luc zeigte uns, dass Kunst auch kontrovers sein konnte, und gerne erinnere ich mich an den Ausflug auf das Theaterfestival in Avignon, wo wir einer theatralen Aufführung von Célines Roman „Reise bis ans Ende der Nacht" beiwohnten, die im Wesentlichen darin bestand, dass ein paar Schauspieler unter Aufbietung all ihrer Kräfte Unverständliches über die Bühne krächzten, während auf zwei runden Leinwänden irgendetwas Computeranimiertes, Filmaufnahmen einer Pferdeschlachtung und 20er-Jahre-Pornos liefen, wobei die eine Hälfte der Publikums mehr oder weniger gefesselt ausharrte, während die andere kontinuierlich den Saal verließ, bis alles am Ende in einer halben Massenschlägerei zwischen Empörten und Begeisterten endete. Müßig zu erwähnen, dass Jean-Luc zu den Begeisterten gehörte, und höchst selbst im Dienste der Kunst einem unwürdigen Spießer eine ordentliche Tracht Prügel androhte.

Bald trat ich auch der von Jean-Luc geleiteten französischen Theatertruppe bei, mit der wir es später immerhin bis ins alte Theaterhaus in Stuttgart-Wangen schafften.

Mit gemischten Gefühlen erinnere ich mich an die Aufwärmübungen, die wir zu Beginn der Proben machten. Eine Übung bestand darin zu laufen. Nun konnten wir natürlich alle schon vorher einigermaßen laufen. Damals lernte man ja auch außerhalb der Schule noch etwas anderes als Fast Food essen und Computer spielen. Der Sinn der Übung war vielmehr, so zu laufen wie man sonst nicht lief oder im weiteren Verlauf der Proben so zu laufen, wie die Figur lief, die man im aktuellen Stück spielte. Ich lief mit Leidenschaft. Jede Faser meines Körpers war mir über die Maßen bewusst. Ich spürte jeden Muskel, was natürlich auch daran lag, dass ich mich als Intellektueller sonst eher wenig bewegte. Während ich einen Fuß vor den anderen setzte, erklang Hörnerschall, den meine Figur über alles liebte, jeder kleinsten Abwinkelung meiner Zehen gab ich einen eigenen Namen, und ordnete sie ein in den Prozess der Darstellung, dieses Konzert der Expression, in das selbst das Muttermal an meinem Arsch irgendwie mit einstimmte. Ich imaginierte in Sekunden den gesamten Lebenslauf meiner Figur, samt ihrer früheren Leben. Mein Geist war ihrer und ich konnte von Glück sagen, dass ich keinen Massenmörder zu spielen hatte, weil sonst keiner die Probe überlebt hätte, zumindest in meiner Vorstellung. So lief ich. Nur mein Lehrer wusste die Übung oft mit einem simplen

Kommentar zu unterbrechen: „'arald! Hast du die Übung nicht verstanden? Ich meinte du sollst anders laufen, verstehst du? Du hast ja gar nichts verändert!" Offenbar hatte mein Körper die Veränderung in meinem Geist nicht nachvollzogen. Genau das war mein Problem.

Ich war zwar, was die Reflexion der Rolle anging, so manchem großen Schauspieler weit voraus, scheiterte aber immer wieder an der körperlichen Darstellung meiner komplexen Überlegungen, was aufgrund des Charakters der dramatischen Kunst, die sich eben vor allem auch vor den Augen des Zuschauers und nicht etwa mittels Telepathie in seinem Kopf abspielt, immer wieder für Frustrationen sorgte. Damals war ich allerdings noch etliche Sturheiten entfernt von dieser nüchternen Einsicht. Ich fühlte mich nicht verstanden und schaute voll Neid auf meine Schauspielerkollegen, die solche Probleme nicht kannten.

Peter zum Beispiel war ein Gewinnertyp, der im Stück später dann nur die relativ unbedeutende Rolle des Nachbarn spielte, der im ersten Akt kurz hereinkommt, um guten Tag zu sagen. Diese Rolle spielte er aber so gut, dass er mit seinem kurzen Auftritt für große Begeisterung im Publikum sorgte und sogar Szenenapplaus bekam. Ich weiß bis heute nicht, wie er es gemacht hat. Er hatte nur diesen kurzen Auftritt, kam zur Tür herein, sagte grinsend guten Tag und die Leute lagen vor Lachen am Boden. Ich konnte mich nur damit trösten, dass Peter auch im restlichen Leben ein Gewinnertyp war, der auch zu einer Frau einfach nur guten Tag zu sagen brauchte, um sie so zu begeistern, dass der Rest des Gespräches und der Nacht ein Kinderspiel war, während ich mich schon vor dem Guten-Tag-Sagen in den Fallstricken meiner Überlegungen so hoffnungslos verfing, dass die Frau schon lange verschwunden war, wenn ich so weit gekommen war zu erkennen, dass einfach „Hallo" zu sagen doch viel angebrachter sei, als das förmliche „Guten Tag" oder andersrum.

Das erste längere Stück, das wir mit Jean-Luc in Angriff nahmen, war „Le Schmürz" von Boris Vian, in dem eine Familie im Laufe einer unbegründeten Flucht durch die sich stets verkleinernden Stockwerke eines Hauses immer wieder durch ungeklärte Todesfälle dezimiert wurde. An sich noch kein besonders absurder Vorgang, erscheint doch das Leben vieler Familien eher wie eine Flucht, bei der der ein oder andere auf der Strecke bleibt. Doch die Konstellation wurde noch ergänzt durch ein besonderes Detail: In jedem neuen Stockwerk, das die überlebenden Familienmitglieder erreichten, wartete auf sie ein Schmürz, ein Wesen, das niemals sprach und in der Handlung des Stückes vordergründig keine Rolle spielte, aber permanent von den Familienmitgliedern verprügelt wurde. Mit eingefrorenem Lächeln ihre nichtssagenden Dialoge pflegend, fiel fast jedes Familienmitglied ganz beiläufig immer wieder über das geschundene, bis zur Unkenntlichkeit verbundene Wesen her.

Ich weiß nicht, ob es daran lag, dass zumindest mein Selbstbewusstsein zu diesem Zeitpunkt wie verprügelt in einem Winkel meiner Seele lag oder dass mein Französisch einfach zu schlecht war. Ich durfte zumindest eine ganz besondere Rolle spielen: Das Schmürz, und ich spielte es mit Hingabe. Niemals hat sich jemand so schön verprügeln lassen und dabei so eisern geschwiegen wie ich damals. Ich lag das ganze Stück über auf der Bühne, konnte ungehemmt schweigend den verschlungensten Gedankengängen nachhängen und entwickelte doch im Zusammenspiel mit meinen Peinigern schon nach kürzester Zeit wie von selbst eine großartige körperliche Performance.

Trotz der Polster, die mich vor den Tritten meiner Kollegen schützten, kam der ein oder andere durch und ich war mehr als dankbar, wenn mir im zweiten Akt ein Eimer Wasser über den Kopf gekippt wurde, der mich für kurze Zeit die Hitze meines Kostüms vergessen und meine Sinne wieder etwas klarer werden ließ, auch wenn man mich danach gleich wieder trat. Eisern harrte ich aus und sah der Stunde meines Triumphes entgegen.

Am Ende des Stückes kam dann mein großer Auftritt: Ich durfte aufstehen, was in meinem unförmigen Kostüm nicht ganz einfach war. Nach mehreren vergeblichen Versuchen aufzustehen, hatte ich zumindest bei meinem Kollegen auf der Bühne, der den letzten Verbliebenen, den Vater natürlich, darstellte, eine gewisse Spannung aufgebaut. Ich ging langsam und bedrohlich auf ihn zu, während er verzweifelt versuchte, mich zu erschießen, bis er von der Bühne aus einem imaginären Fenster flog. So hatte ich zwar nicht viel Text, also eigentlich gar keinen, war aber die einzige Figur, die das ganze Stück über auf der Bühne blieb. Mit meiner schieren Präsenz verdrängte ich schließlich alle anderen und durfte zuletzt allein auf der Bühne im aufbrausenden Applaus meinen Sieg über das vermeintlich Normale feiern.

Dies war meine zweite Geburt. Alles Sprachliche, Grübelnde, Vernünftelnde hatte ich für einen Abend hinter mir gelassen. Ich fand in meiner schauspielerischen Leistung einen Quell des Selbstbewusstseins, der erfrischend wenig mit Bewusstsein zu tun hatte. Leider zwangen mich das Schicksal und der Schulalltag schon bald wieder zurück in die herkömmlichen Bahnen des Denkens, aber ich meisterte sie nun leichter im Bewusstsein, dass es sich dabei nur um Nebensächlichkeiten handelte.

Es gelang mir immer öfter, meinen Körper anstatt meines Geistes einzusetzen, bis ich es sogar schaffte, manchmal mit anderen zu Musik zu tanzen, anstatt sie mit kritischem Blick zu analysieren und verzweifelt nach einem Diskussionspartner Ausschau zu halten, oder mit jemandem zu reden, ohne so sehr darauf zu achten, was ich sagte, sodass ich schließlich schwieg.

So wurde ich schließlich doch noch einigermaßen gesellschaftsfähig und konnte sogar von mir behaupten, schon mal ins so was wie eine Schlägerei verwickelt gewesen zu sein und im nächsten Stück war ich dann schon so weit, die Rolle eines Ehemanns zu spielen, der seine Frau betrügt.

Die Erfahrungen auf der Bühne waren zwar manchmal recht schmerzhaft für mich, aber die Begegnung mit dem absurden Theater lehrte mich wohl für mein späteres Leben mehr als jedes herkömmliche Schulfach. Manche bürokratische Vorschrift, manchen Ämtergang und manch weitere sinnlose Tätigkeit ertrage ich heute mit gleichmütigem Lächeln, habe ich doch früher schon weitaus absurdere Situationen erlebt, und ich bin schon fast enttäuscht, wenn meine Freundin sich nur mit mir streitet, anstatt die halbe Wohnung zu verwüsten.

Palast der Republik

Wenn ich an Sex denke, denke ich automatisch an den ‚Palast der Republik'. ‚Palast der Republik' nennt sich eine Kneipe in Stuttgart, die man in einem ehemaligen Klohäuschen untergebracht hat. Das Häuschen, und vor allem der Platz davor, sind gerade im Sommer ein beliebter Treffpunkt, an dem jeder früher oder später landet.

Dies war der Ort, an dem ich meine Jugend an ein ausschweifendes Alter verlieren wollte. In einem zarten Alter, das ich als Spätentwickler jetzt nicht in Zahlen ausdrücken möchte, ging es dort für mich nur darum, zum genau richtigen Zeitpunkt den Satz: „Willst du mit mir schlafen?" ganz locker über die Lippen zu bringen. Eines Abends wurde dieser Plan dann Wirklichkeit, mehr oder weniger:

Ich gehe zum Palast. Dort angekommen, stolpere ich durch die Menge, die vor dem ehemaligen Klohäuschen auf dem Boden sitzt, und suche nach Leuten, die ich kenne oder tue zumindest so, um nicht auszusehen wie jemand, der keine Freunde hat. Ich treffe sogar einen, den ich kenne und sage: „Hey, hallo, wie geht's denn so?", und dann: „Ich geh' mir erst mal ein Bier holen.", weil er einer von den Typen ist, die ich gar nicht kennen will. Ich hole mir ein Bier. Ich gehe mit meinem Bier zurück in den Menschenhaufen, vorbei an ein paar Punks, die Geld oder wenigstens einen Schluck Bier von mir wollen. Ich ignoriere sie und flüchte mich in die Menge bzw. an den Rand, wo ich mich mit meinem Bier auf den Boden setze.

So sitze ich dann da und neben mir sitzt zufällig eine Frau, die ähnlich alleine da sitzt. Ich bin alleine, sie ist alleine. Ich muss jetzt irgendetwas sagen, aber ich bin natürlich zu schüchtern, etwas zu sagen und alles was mir einfällt wäre: „Willst du mit mir schlafen?" Schon allein diese Idee lässt mich rot anlaufen, und dann sage ich einfach das zweitbeste, was mir einfällt und frage sie: „Na, auch vor den Punks geflüchtet?", was mir sogar originell erscheint und sie sagt: „Was, wieso, welche Punks?", und ich nur: „Ach egal.", und sie dann aber: „Gar nichts ist egal! Und wenn du vor den Punks abgehauen bist, warum sitzt du dann hier? Ich bin nämlich auch so eine Art Punk, auch wenn man es mir vielleicht nicht ansieht, wenn man solche Vorurteile hat wie du!" Ich stottere: „Ja, äh, ich meinte ja nicht dich, sondern nur die Punks da vorne, die wollen immer Geld und Bier von mir und schneiden Grimassen hinter meinem Rücken ..." „Ach so ja klar!", meint sie „und ich sehe also so harmlos aus und wahrscheinlich auch noch, weil ich eine Frau bin!" „Nein, nein, das wollte ich nicht sagen, ich meinte, du machst einfach einen netteren Eindruck als die da drüben!" „Ach das hast du jetzt aber nett gesagt!", sagt sie auf einmal. „Ja, war nur Spaß, das mit dem Punk sein und so, ich wollte nur mal schauen, wie du reagierst ... Dafür darfst du jetzt auch mit mir schlafen!" Sie nimmt mich an der Hand und will mich irgendwohin ziehen, wo man wohl mitten in der Stadt miteinander schlafen kann, als auf einmal einer von den Punks vor uns steht und röhrt: „Hey Tina, wo willst du hin?" „Ach, öh, na ja ...", stottert sie „Ich will nur schnell mal mit wem schlafen." Und er: „Ja klar, Schlampe, aber nicht mit dem Typen, auch wenn wir 'ne offene Beziehung haben, das geht ja wohl zu weit, so 'n Typ, der so tut als würde er nicht bemerken, wenn man ihn anschnorrt ...", und dann zieht er mir etwas unvermittelt eine Bierdose über den Kopf.

Als ich wieder aufwache, sind die beiden längst wieder miteinander versöhnt und liegen eng umschlungen ein paar Meter weiter in der

Menschenmenge. Ich krieche wieder an den Rand des kleinen Platzes und drehe mich zu der einsamen Frau um, die da auch noch sitzt und stottere so in der Halbohnmacht, nur um mich zu vergewissern: „Du willst aber nicht mit mir schlafen, oder?" „Doch gerne!", sagt die Frau mit etwas tiefer Stimme und zieht mich mit ihren kräftigen Armen um die nächste Ecke, und ich wundere mich noch, dass das so leicht geht, als sie schon meine Hand unter ihren Rock schiebt und meine zitternden Finger sich erwartungsvoll um ihren erigierten Penis schließen. Ich begreife die Situation und sage nur ganz diplomatisch und möglichst politisch korrekt: „Äh sorry, doch nicht.", lasse den armen Kerl allein mit seinem erigierten Penis stehen, komme mir selber noch einsamer als er vor, gehe zurück und treffe den Typ von vorher, den ich eigentlich nicht kennen wollte.

Ausgelassen diskutiere ich mit ihm über Fußball und Fernsehserien, und freue mich, dass sonst nichts passiert, bis er sagt: „Du scheinst das ja echt rauszuhaben mit den Frauen und so, hab dich schon die ganze Zeit beobachtet!" Bevor ich etwas entgegnen kann, stürzt er davon und kommt mit zwei Frauen wieder, die er in seinem Eifer irgendwie angelabert hat, und setzt sich mit beiden zu mir auf den Boden und schweigt. Alle drei starren mich an, weil ich jetzt wohl der bin, der das Gespräch anfangen soll. Ich weiß nicht, was ich sagen soll und stottere dann: „Wollt ihr auch alle mit mir schlafen?", und alle drei starren mich an und fangen zu lachen an, weil sie das für einen Witz halten und erzählen sich zwanzig Minuten lang reihum immer wieder die Situation: „Mensch, und er dann so: Wollt ihr auch alle mit mir schlafen, ha ha!" Alle finden mich wahnsinnig witzig. Ich bin der Held des Abends und darf dann auch noch Petra nach Hause bringen, weil Horst, also der Typ, den ich erst nicht kennen wollte, Hanna abgeschleppt hat, natürlich nicht ohne mir vielsagend zuzuzwinkern.

Ich bringe also Petra zur Bahn und bin froh, dass alles ganz harmlos abläuft, bin auf einmal super entspannt und überglücklich, dass der ganze Stress vorbei ist und sage kurz bevor wir ihre U-Bahn erreicht haben: „Wollen wir jetzt miteinander schlafen?" Sie schaut mich neckisch an und sagt: „Na ja, jetzt hier vielleicht nicht, aber wie wär' es bei mir zu Hause?" Wir steigen zusammen in die Bahn und fahren zu ihr.

So verlor ich meine Unschuld am ‚Palast der Republik'. Manchmal gehe ich auch heute noch dorthin, schaue wehmütig über den versifften Platz, gebe den Punks eine Zigarette aus, hocke mich auf die Steinplatten und warte, wer sich heute neben mich setzt.

Ich hab' Angst

Ich hab' ein Problem:
Ich hab' Angst
Angst, Leute anzurufen, Angst, dass sie mir die Ohren blutig schreien, was mir denn einfällt, sie anzurufen, wo sie doch gerade essen und schlafen und Sex haben und arbeiten und warum ich überhaupt noch lebe und was mit dem Geld ist …

Ich hab' Angst,
Angst vor Räumen
Angst vor geschlossenen Räumen, weil man da vielleicht nicht mehr rauskommt,
Angst vor offenen Räumen, weil man die nicht abschließen kann.
Ich hab Angst,
Angst vor Höhen,
Angst davor, dass ich auf einem Berggipfel ohne Geländer stehe und mich der Wind auf einmal in die Tiefe weht und ich dann lange genug falle, dass tatsächlich mein ganzes Leben an mir vorbeizieht und ich mir die ganze Scheiße noch mal anschauen muss.

Ich hab' Angst
Angst vor der Weltverschwörung,
Angst, dass alle Verschwörungstheorien falsch sein könnten und wir vielleicht wirklich von diesen Regierungen regiert werden.

Ich hab Angst,
Angst vor Arztbesuchen, Angst, dass ich krank bin und sterben muss oder dass ich mich zwar beschissen krank fühle, aber der Arzt nichts findet und mich für 'nen Hypochonder hält und ich dann nicht mehr hingehe, weil ich nicht will, dass er mich für 'nen Hypochonder hält, und ich dann doch wirklich krank bin und die im Krankenhaus dann fragen: „Warum sind Sie denn nicht zum Arzt gegangen?"

Ich hab' Angst,
Angst, Verträge abzuschließen, weil das immer so was Bindendes hat, so ein Zwei-Jahres-Vertrag, könnte ja sein, dass ich auf einmal zahlungsunfähig bin und dann kommt eines morgens ein Sonderkommando und wirft eine Blendgranate in meine Wohnung, und ich werde im Keller eines Handyanbieters verhört und muss dann auch erklären, warum ich zu Callcenterleuten immer so unfreundlich bin,

und die kommen dann auch alle, jeder einzeln, und ohrfeigen mich und sagen mir, dass ich eine hässliche Stimme habe und dann bauen sie mir einen Sender in den Kopf, mit dem sie mich immer und überall erreichen können.

Ich hab' Angst, Frauen anzusprechen,
Angst, dass sie mich ohrfeigen, mit Getränken übergießen und mit ihren Freundinnen und mit ihren Zeigefingern auf mich zeigen und lachen oder weinen oder gar nicht reagieren.
Angst, dass sie das alles nicht tun, sondern entdecken könnten, dass ich gar nicht so ein seltsamer, melancholischer, intellektuell verhutzelter Typ bin, sondern völlig normal und witzig und selbstbewusst,
weil ich dann gar nicht mehr für alles gar nichts können könnte und nicht mehr sagen könnte:
Was wieso Zukunft? Was interessiert mich die Zukunft, Zukunft ist für mich jetzt schon Vergangenheit, die Scheiße war.

Ich hab' Angst,
Angst 'ne Freundin zu haben und mit ihr ins Bett zu gehen und im Bett zu versagen, indem ich einmal nicht versage und sie dann sagt:

„Hey, das kriegen wir so perfekt sowieso nie wieder hin!", und dann ist Schluss mit dem Sex.

Ich hab' Angst, ich hab Panik, ich hab Panikattacken,
mir sitzt die Angst vor Panikattacken im Nacken.
Die Angst vor Panikattacken verursacht Panikattacken
und die wiederum Angst vor Panikattacken.

Ich zitter', zitter' wie Espenlaub in der Prärie
ich zitter' wie ein Vibrator mit Duracell-Batterie
ich zitter' wie die Flammen im alten Kamin
ich zitter' wie ein junger Junkie ohne Heroin.

Ich hab' Angst,
Angst vor Einbrechern,
Angst vor Schulfächern,
Angst vor Kinderschändern,
Angst vor Augenrändern,
Angst vor Warteschlangen,
Angst vor Zahnzugzangen,
Angst vor Abhörwanzen,
Angst vor Stehbluestanzen,

Angst vor Fünf-Meter-Brettern,
Angst vor Drei-Meter-Brettern,
Angst vor Gasexplosionen,
Angst vor Pilzinfektionen,
Angst vor Organdieben,
Angst vor Spontanlieben,
Angst vor Steuerklassen,
Angst vor Entbindungen,
Angst vor Menschenmassen,
Angst vor Verbindungen.

Ich hab' Angst,
aber das ist mir egal, ich liebe meine Angst,
ich liebe meine Angst,
denn meine Angst verleiht Flügel.

Meine Angst lässt mich
nächtelang durchtanzen, als ob es kein Morgen
gäbe, weil ich nicht daran glaube, dass es ein
Morgen gibt.

Meine Angst lässt mich
keine Selbstgespräche führen,
nur für den Fall, dass ich doch abgehört werde,
Kondome kaufen,
nur für den Fall, dass ich doch Sex haben
könnte,

Enten vor dem Ertrinken retten,
nur für den Fall, dass sie spontan das Schwimmen verlernt haben,
Eulen nach Athen tragen,
nur für den Fall, dass es da doch keine gibt,
das ist ganz schön anstrengend, aber das ist mir egal, denn

meine Angst lässt mich Dinge sehen, die vielen anderen Menschen verborgen bleiben,
denn ich weiß, was passiert.
Ich weiß, was passiert, wenn man das Klo von alten Zügen im Bahnhof benutzt,
ich weiß, was passiert, wenn man das Verbrannte von der Grillwurst ist,
ich weiß, was passiert, wenn man die Originalverpackung nicht aufhebt,
ich weiß, was passiert, wenn man Essen ins Klo schmeißt,
ich weiß, was passiert, wenn man bei Gewitter Fernsehen schaut,
ich weiß, was passiert, wenn man die Fäden von einer Bananenschale raucht,
gar nichts!
Aber das ist mir egal, ich liebe meine Angst,

meine Angst lässt mich
abnehmen, weil ich eigentlich gar nichts essen
kann, ohne mich zu fragen, was da eigentlich
drin ist.

Meine Angst lässt mich
jeden Wettlauf gewinnen. Mir reicht schon die
Vorstellung, dass ein Dackel auf einmal von
Tollwut befallen mit Schaum vor dem Maul
hinter mir her rast, um mir die Achillessehnen
durchzubeißen, da lauf ich schneller als die
schnellste Maus von Mexiko auf Speed und
mir kann man kein Doping nachweisen.

Ich hab' Angst,
Angst vor allem Möglichen
und vor allem habe ich
Angst vor … euch.
Und das ist mir nicht egal, denn
meine Angst vor euch lässt mich
Texte wie diesen schreiben!

Inhaltsverzeichnis

Mein Tag	7
Biomüll	13
Der Lügner	17
Ordnung und Chaos	23
Blick durch eine Bar	31
Zwei Abende – drei Welten	37
Keine Post	47
Aufräumen	51
Meine Ampel	56
Meine Straße	61
Umzug	66
Der Langweiler	71
Das Spiel der Spiele	78
Grillen	83
Nachbarn unter sich	87
Der kleine Hans und der Dreck	91
Ich hab' einen Traum	99
Energie sparen	104
Heuschnupfen	109
Ich bin müde	113
Die Feder	121

Danke für den Add	127
DVD-Making-ofs	134
Subway	139
Gedenktafel für drei Doppelagenten	144
Wie das absurde Theater mein Leben veränderte	150
Palast der Republik	161
Ich hab' Angst	167

Danksagung

Ich danke meinen Freunden, meiner Familie, der Lesebühne 7 PS und ganz besonders den Mitstreitern, mit denen auf zwei kleinen Bühnen Tübingens alles begann: Aslı Küçük, Sabine Hoffmann, Kai Schmelzle, Theo Kalaitzidis, Helge Thun und Jakob Nacken.

Ab dem 29.10.2009 im Lektora-Verlag

Bleu Broode

Kleinstadtgeschichten

„Hallo, mein Name ist Helge Grün.
Manche Leute sagen, ich bin ein bisschen zurückgeblieben.
Das kann schon sein, wer weiß das schon? Aber ich denke, dass kommt daher, dass ich eben ein wenig langsamer lebe als die anderen Leute, damit ich mir alles genauer ansehen kann. Und da kann es einem doch schon mal passieren, dass man ein wenig zurück bleibt.

„Ich habe mich regelrecht gesund gelacht!"

Sebastian 23

„Einer der sympathischsten Neuslammer."

Tobi Kunze

„Die Symphatie hat er auf seiner Seite."

Weser Kurier

ISBN 3-8470-37-2

€ 9,90

www.lektora-verlag.de

Im Lektora-Verlag erschienen

Lars Ruppel

Schweinchen

Schweinchen
ist der erste Band aus der Larubel-Trilogie.

Weitere Titel:
Band 2 Brille (15.10.2009)
Band 3 Zitronenlimonade (15.11.2009)

ISBN 3-938470-33-x

€ 6,00

www.lektora-verlag.de

Im Lektora-Verlag erschienen

Lars Ruppel

Brille

Brille
ist der zweite Band aus der Larubel-Trilogie.

Weitere Titel:
Band 1 Schweinchen (bereits erschienen)
Band 3 Zitronenlimonade (15.11.2009)

ISBN 3-938470-34-8

€ 6,00

www.lektora-verlag.de

Im Lektora-Verlag erschienen

Lars Ruppel

Zitronenlimonade

Zitronenlimonade
ist der dritte Band aus der Larubel-Trilogie.

Weitere Titel:
Band 1 Schweinchen (bereits erschienen)
Band 2 Brille (15.10.2009)

ISBN 3-938470-35-6

€ 6,00

www.lektora-verlag.de

Im Lektora-Verlag erschienen

Dorian Steinhoff

Goldfische sind auch keine Lösung

»Hätte ich diese Flucht nicht als Flucht erkannt, wäre alles Gute, alles Schöne nur zwangsjackenschön geblieben. Eingekapselt in eine Zwangsjacke aus ungewürdigter Schönheit der Zeit, die wir verbrachten. Erst jetzt erkannte ich ihren wahren Wert, in dieser Begriffsscheidung lag die Wahrheit meiner Zuneigung.«

Dorian wird gemocht:

»Kraftvoll«
- Saarbrücker Zeitung

»Ich hasse Poetry Slam, aber ich liebe Dorian«
- Míchel Abdollahi

»Ihm gelang ein Wortstakkato voller Witz und kleinen Bosheiten«
- NW

»Ein herrlich abgedrehtes Wortgewitter«
- Kieler Nachrichten

»Man traute sich kaum, zu lachen oder Atem zu holen, um ja nichts zu verpassen«
- Der Westen

ISBN 3-938470-26-7
€ 9,90

www.lektora-verlag.de

Im Lektora-Verlag erschienen

Sebastian 23

Ein Kopf verplichtet uns zu nichts

Sebastian 23 ist einer der bekanntesten und erfolgreichsten Poetry Slammer Deutschlands und trägt eine Mütze.

Seit 2003 hat er sich dieser Form der live vorgetragenen Literatur verschrieben und ist damit im gesamten deutschsprachigen Gebiet aufgetreten, u. a. bei der Frankfurter Buchmesse, im Schauspielhaus Hamburg und im Berliner Admiralspalast.

2008 wurde er deutschsprachiger Meister und Vizeweltmeister im Poetry Slam, gewann die renommierte St. Ingberter Pfanne, trat bei TVTotal, Nightwash und im QuatschComedyClub auf und ist zudem nominiert für den Literaturpreis des Landes NRW. Außerdem erlangte er bei einer Aral-Tankstelle in der Nähe von Büttelborn vier Bonuspunkte beim Erwerb eines Schokoriegels.

Seine Texte sind in zahlreichen Anthologien veröffentlicht (u. a. bei Reclam und S. Fischer) und sein Debüt-Buch „Ein Kopf verpflichtet uns zu nichts" erschien Ende 2008.

Und 2009 geht er mit seinem ersten Solo-Programm auf Tour. Es heißt „Gude Laune hier!" und es handelt von den Tücken, mit denen man als Dichter und Philosoph so im Alltag zu kämpfen hat.

Zum Beispiel Kaffee.
Und Mützen.
Und Wiederholungen.

ISBN 3-938470-20-8

€ 12,80

www.lektora-verlag.de

Im Lektora-Verlag erschienen

Sulaiman Masomi

Immer der Nase nach

Sulaiman Masomi schrieb und schrub Geschichten. Er ging auf Slams und nahm sie auf, weil er sich selbst gern sprechen hört. Sulaiman wollte nie eine CD veröffentlichen, weil er nicht möchte, dass jemand außer ihm selbst seine Texte hören kann. Der Lektora-Verlag jedoch entführte Sulaimans Lieblingshaustier, eine hüfthohe weiße Elefantenkuh namens Yanti, die sich nur von Sonnenlicht ernährt, und drohte damit, Yanti in einem dunklen Raum gefangen zu halten, bis sie verhüngere, falls er nicht bei ihnen eine CD herausbrächten tue.

Die Aufnahmen sind roh und dreckig wie seine Vortragsweise, außerdem sieht er nicht ein, dass er dem Verlag gute Aufnahmen geben soll. An dieser Stelle will Sulaiman zum Ausdruck bringen, dass er sowohl diese CD hasst als auch jeden, der sie kauft.

ISBN 3-938470-30-5
€ 10,00

www.lektora-verlag.de